文春文庫

余話として

司馬遼太郎

文藝春秋

目次

話のくずかご

余話として

話のくずかご

アメリカの剣客——森寅雄の事歴

どういう名人でも、負けるときは負ける。

剣術というのは元来そういうものであり、絶対強というのはありえないとされている。そのときどきの体のぐあいや、相手の太刀筋《たちすじ》、あるいは相手やこちらの出方によって一瞬のうちに勝負が構成されるから、当然かもしれない。

が、百年に一度ぐらいは、絶対強にちかい名手が出る。名手や名人といっても剣術には記録性が明確でないが、その記録のあきらかなもののうち、ここ半世紀にかぎっていえば、昭和八年の「昭和天覧試合」における野間恒《のまひさし》選手がその稀有《けう》の記録をつくっている。

勝負は三本で、うち二本をとればいいのだが、野間の記録をみると、東京府予選の段階から一本も打たれることなくすすみ、本試合で各府県代表と試合をすすめていっても、試合ぶりはすこしもゆるがない。最終試合で、香川県代表の逆二刀の使い手藤本薫とぶつかり、右の小刀を菜箸《さいばし》のように小きざみにつかう藤本の難剣にまどわされ、はじめて右胴を一本とられた。すぐさまうちかえして胴と面をとり、野間の全国優勝が決定したが、予選いらいの成績表をみていても、これほどの強さが現実にありうるかとおもわれるほどのみごとな記録である。

ついでながらこの野間恒は講談社の創始者野間清治《せいじ》のひとり息子で惜《お》しいことにこの試合のあと数年のちに病没している。

どうも稀有の記録ですねえ、と十年ほど前、この野間恒を少年のころからよく知っている剣道家のR氏にいって、話題をさそいだそうとしたことがある。そうですね、とR氏はうなずいたが、冴《さ》えない。やがて、その野間恒よりももっと強いのがいたんですがね、わけがあって天覧試合には出場しておりません、といった。

「恒氏の従弟《いとこ》です」

名前ですか、野間寅雄《とらお》というのです、とR氏は寅雄がいかに強かったかということを、老剣客にはめずらしく情熱的に語りはじめた。

寅雄には多少の事情がある。野間家に入籍してその姓を称しているが、養父清治翁とは血のつながりはない。本来は森姓であり、少年のころに野間家にひきとられ、母方を通じてのいとこである恒とともにそだてられた。野間家には、道場がある。そこで両人とも少年のころから剣術をまなんだ。両人とも、剣術教師が舌をまくほどの天分があったのは、ひょっとすると、遺伝によるのかもしれない。

幕末、会津《あいづ》松平家の支藩の飯野藩の剣術指南役で、森要蔵という剣客がいた。要蔵は若いころ江戸に出、千葉周作の門に入り、やがて千葉の四天王のひとりにかぞえられるほどの名人になって、帰藩した。幕末人にはめずらしくひげをはやしており、あごから胸まで垂れている。その関羽《かんう》ひげが白くなりはじめたころ、幕府が瓦解《ぼ》し、戊辰《しん》戦争がはじまった。

森要蔵は温和な人物で、時勢とあまりかかわりがない。が、会津藩の支藩の士だから、当然ながら対薩長抗争のうずのなかにまきこまれ、戊辰最大の悲劇である会津若松城の籠城戦に参加した。かれは支藩の兵をひきい、いよいよ籠城戦がはじまったときには城の郭外にある雷神山《らいじん》という山の守備隊長になった。

官軍の大将は、土州の板垣退助である。かれらは雷神山をかこみ、山麓から山上をめがけて大砲をうちこみ、さらに大規模な銃撃を加えたため、山肌を這《は》いのぼる硝煙のために松の梢《こずえ》だけが点々とみえるほどだったという。この銃砲撃のために森要蔵はその隊員の大半をうしない、あとは、攻めのぼってくる官軍に対し、山上から駈《か》けおとすような斬りこみをかけるしかなかった。その先頭には、つねに要蔵とその息子の寅雄（前記寅雄と同名）が立った。森寅雄はまだ十五、六歳の少年で、白い陣羽織《じんばおり》に義経袴《ばかま》をはいている。父の要蔵が危なくなると、息子の寅雄がかけつけ、息子が包囲されると父親がかけつけてそのかこみをやぶり、その両人の運動を山麓から見あげるとまるで舞をみるようであった、と板垣退助がのちに語っている。板垣は銃撃をやめさせて父子をせめて銃弾による死からまぬがれさせようとした。が、ほどなく松の根方に関羽ひげと白い陣羽織が相かさなって斃《たお》れるのを見た。

その要蔵の娘が、恒と前記寅雄にとって母方の祖母になる。このため双方、森要蔵の血をひいていることになる。要蔵は安政年間、千葉周作が死んだあとしばらく神田お玉ケ池の千葉道場の世話をしていたことがあり、兼ねて桶町《おけちょう》千葉といわれた分家の道場の面倒もみた。その分家道場の塾頭が坂本竜馬である。筆者は竜馬のことをしらべるとき、森要蔵のこともしらべてみた。森要蔵・寅雄の奮戦の光景は、山川健次郎も目撃したという。

山川健次郎というのは会津藩士の子で、最初白虎《びゃっこ》隊に参加していたが、年齢のつごうではずされた。維新後渡米し、のち東京帝国大学の四代目の総長になった人である。山川というひとは森要蔵父子のはなしをするたびに涙をこぼしたという。

野間道場で稽古をしているときは寅雄のほうが恒よりもわずかに強かった、とR氏はいう。いずれが強いにせよ、昭和天覧試合の当時、東京府においては両人が群をぬいて最強だったのである。まず、東京府予選に出なければならなかった。寅雄も出た。

恒も寅雄もそれぞれ勝ちすすみ、ついに最終決定戦でかちあったが、意外にも寅雄が二本ともとられてやぶれ、失格した。剣に絶対強はないとはいえ、

「二本ともとられるとは、意外なことでした」

と、R氏はいう。勝ちを譲《ゆず》ったのだともいわれるが、事情はわからない。

その後、寅雄は野間家を出た。森姓にもどり、森寅雄になった。会津城外の雷神山で死んだ、かれら従兄弟《いとこ》にとっては大伯父《おおおじ》にあたる寅雄少年と、同姓同名になった。もともと「雷神山の寅雄にあやかれ」ということでこの名を親がつけたらしい。森寅雄は、同時に日本からも脱出した。渡米した。

昭和九年のことである。森寅雄の年齢は、二十歳を二つ三つ出ている。

サンフランシスコに着いた。

アメリカにきたからといって、べつに就職のあてはない。最初、日本人が経営するオレンジ園で、農夫として働いた。

そのあと、転々とした。養蜂業者にもやとわれたらしい。その間《かん》、剣だけが身についた技術のこの天才にとって日本の剣術がわすれられなかったらしく、師匠も稽古相手もないまま、棒をけずって木刀をつくり、農園の片すみでそれを使い、ひそかにわざを工夫した。

白人の友人で、ダニエル・ソーンという親切な男と知りあったことが、かれの転機になった。

「アメリカにも、よく似たものがある。フェンシングというのだ」

と、ソーンは教えた。

教えただけでなく、ソーンはこの日本の剣術使いを、ロサンゼルスにあったフェンシング・クラブまでつれて行ってくれた。

見学するうち実際にやってみたくなり、かれにとってきわめて奇妙な形と機能をもったサーベルを借りて手にとってみた。振ってみると釣竿《つりざお》のようにしなう。その場で、クラブの幹部と試合をしてみた。五本勝負であった。ところが、負けた。あっというまに五本ともとられるというみじめな負け方で、どこをどう突かれたかもわからない。

「あれは突くのだ。斬るのではない」

と、あとでソーンがやかましく教えたというから、寅雄は相手を叩《たた》き斬ろうとしていたのかもしれない。ソーンは、貧乏な森寅雄のためにフェンシングの道具一式を買ってやった。

寅雄は、研究してみた。フェンシングというのは、剣術の突きでもなさそうであった。剣術の突きは、線から点に変化し、さらに線へもどるという変幻と流動のなかにあるが、フェンシングはそこは単純で、点（切尖《きつさき》）が点になるという運動のようであり、そう理解してしばらく我流で練習をしてみた。そのあとクラブへ乗りこみ、さきにかれを惨敗させた相手と立ちあい、こんどは、完膚《かんぷ》なきまでに勝って、五本ともとった。

言いわすれたが、ダニエル・ソーンは養蜂業者である。寅雄はこの時期、その下ではたらいていた。野山で蜂を飼うかたわら、かれは手引書でフェンシングを勉強した。一年後にもう一度ロサンゼルスのクラブ（ＹＭＣＡの道場）へゆき、そのクラブでの最強の会員六人をえらんでもらい、それぞれ三本勝負で試合をした。こんどはかれも工夫をした。日本剣術の技術をかれなりにフェンシングに意訳し、剣術の受けのなかから相手を誘いこんで、突いた。この結果、一本も体にふれさせることなく六人ことごとくを降《くだ》した。六人三本ずつだったから十八本を無傷でとるという、このクラブはじまって以来の記録をつくった。これが、かれをその道で有名にするもとになった。

この年であったか、その翌年だったか、筆者の手もとに正確な資料がないが、ロサンゼルスの選手権大会に出場して優勝し、ひきつづき全米大会に出て優勝した。渡米してわずか二年足らずのあいだのことである。

寅雄の寅をとって、タイガー・モリという名は、アメリカのフェンシング界で知らぬ者はなくなり、昭和十一年のベルリン・オリンピックにはアメリカのフェンシング・チームの非公式のコーチをたのまれるまでになった。が、戦争になる。昭和十六年からは収容所ぐらしである。コロラド州の収容所に入れられた。この収容所生活は、かれにとって、東西二つの剣術についての思念をふかめることに役立った。

「私はアメリカへきて、術を離れた。術を離れてかえって道を知った」と、晩年よくいっていたかれの開眼《かいげん》はこの時期かららしい。

「フェンシングは、勝つだけの技術である。しかし剣道はおのれを鍛《きた》えるためのものである」

以下、かれの言葉。

「私には日本への憎しみがある。しかし憎しみが深まるほどに、自分の日本人であることが深まった」

「私はアメリカへきて、日本人として孤独になることにより、かえって武士道を知った。あのまま日本におれば武士道がどういうものであるかを知らなかったかもしれない」

戦後になった。戦前もそうだったが、戦後のかれの暮らしも、豊かではない。証券や保険のセールスをしたり、日本人会の事務をしたりして、生活の資を得た。

敗戦後、日本へ旅行をした。帰米して、かれは日本はすでになくなってしまった、ことをつくづくおもった。

日本がなくなった以上、かれは自分自身が日本になろうとした。それには剣の道をみがいてそれを残す以外にないとおもっただけでなく、かれはそれをアメリカでのこそうとした。

「アメリカ剣道連盟」

というものを興《おこ》し、その会長になった。かれの日系アメリカ人としての唯一の肩書はこれであった。日本剣道に専念しようとしたが、しかしアメリカのフェンシング界はかれをすてておかず、ローマ五輪のときはアメリカ・フェンシングチームの正式コーチをかれに委嘱《いしょく》し、律義なかれはそれを受け、選手団をひきいてローマへ渡った。

その後、剣道とフェンシングのための道場をロサンゼルスにつくり、養家の姓をとって、ノマ道場《フェンシング・スクール》と称した。

森寅雄は、関係者にとってきわめて唐突《とうとつ》に世を去った。一九六九年の一月八日、夜十時、ロサンゼルスのかれの道場で門人に対し居合術《いあいじゅつ》をおしえている最中、抜剣した瞬間、心筋梗塞《こうそく》がおとずれてかれから生をうばった。かれは剣をぬいたままの姿勢でたおれた。駈けつけた医師のはなしによると、片頰に微笑をうかべたまま死んでいたという。五十四歳。その生涯は、ひどく生きづらいものだったらしいが、最期がきた瞬間におけるかれ自身の採点では、満足なものであったのかもしれない。

告別式は同月十五日、ロスのコーヤサン・ホールで、仏式によって営《いとな》まれた。喪主は妻貞子《ていこ》、と、一月十二日付の読売新聞の死亡欄に小さく出ている。

春日の大杉——ある銘木屋のこと

ここ二、三年、樹木の杉のことが気にかかって、ときおり調べているうちに、いままで気づかなかったことを知った。

杉はここ数百年、日本建築での銘木《めいぼく》の王座とされているが、どうやらそういう価値が杉にあたえられたのは、室町期に入って茶道が流行してからということなども、知った。

「それまでは、檜《ひのき》です」

と、みずから自分は大工であると称している懇意の建築家が、おしえてくれた。この友人について書くとまたおもしろいのだが、話がそれるからここでは触れない。とにかく、私はこの実務から割りだしたこと以外はなにごとも言わない友人を、古くから信用している。

杉の重用は茶道からはじまった、ということは、寡聞《かぶん》ながらどの茶道史にも書かれていないようにおもえるから、私は興をおぼえた。なるほど、それまでの、あるいはそれ以降でも、上等の建造物となると、みなヒノキである。

たとえば、伊勢の大神宮の式年遷宮《せんぐう》がちかづいているが、この大神宮はむろん総ヒノキであり、杉などは一本もつかわれていない。

京都御所もむろん総ヒノキである。江戸期に入っても大名屋敷の構内の御殿などはいわゆるヒノキ普請《ぶしん》である。明治以後でも、にわか成金などがつくる屋敷はヒノキ普請で、ヒノキ普請をすることによってその住居がはじめて「御殿」になり、「御殿」をつくることによって自分が栄燿栄華《えいようえいが》を得ているということの公然たるアカシを得ることができる。ヒノキは日本人にとっては栄華のしるしのようなものであったといえるのではないか。

そこへゆくと、杉は古くは庶民の材であった。むかしはどの土地でも杉は豊富にあったし、それに材がまっすぐなため柱にしやすいし、割って板にするのも簡単である。われわれが古い絵屏風《えびょうぶ》や絵巻物にみる庶民の住宅は、あれは多くは杉材だったにちがいない。

ところで、室町期に茶道が興《おこ》った。

茶道ではワビとかサビとかいうが、室町から織豊期にかけての貴族・富裕階級で発展したそういう美意識は、われわれ庶民の感覚からみればひとひねりもふたひねりもしたもので、たとえば、賤《しず》がいぶせき苫屋《とまや》に千金の馬をつないだのがワビである、などこの時代の茶人はいう。

そのあたりの呼吸が、茶道であろう。賤がいぶせき苫屋で薄よごれた湯帷子《ゆかたびら》姿のばばあが水をのんでいるだけではただ貧乏くさいばかりで、ワビにもサビにもならないのである。茶道にあってはそういう苫屋に、千金の馬をつながねばならない。そんな馬をもっているほどの貴人、権勢家、金持が、その苫屋にひざを入れてすわり、客と対座しながらしずかに茶を喫《きっ》している。考えてみればキザったらしいものだが、その金持のキザがやがては道楽にまでみがきあげられ、その後、利休などの天才が出るにおよんで日本独特の芸術意識がつくりあげられるにいたるのだから、もはやそうなるとキザとはいえない。しかし茶道というものには、その祖型もしくは遺伝因子としてキザったらしい精神があるという見方をすることは、茶道の理解のために必要なことではあるまいか。


話が、それた。

室町時代の茶人たちは、右のような精神によって、それまで民間建築材とされていた杉材をごっそりとり入れ、茶室建築、ひろくは数寄屋《すきや》普請というその後の日本の住宅建築に大影響をあたえた様式をつくりあげた。天井板などにも、神代杉《じんだいすぎ》や杉の荒削り、杉の柾板《まさいた》などが登場し、紙障子のワクやサン、腰板も杉が用いられ、床柱にもいわゆる北山の台杉《だいすぎ》（北山丸太）がつかわれたりして、杉が建材の王座を占めた。台杉というのは、床柱をとるために作りだされた杉で、一本の株から何本もの幹が出るようになっている。京の北山が特産地である。北山の林業家坂本喜代蔵氏の研究をまた聞きしたところによると、この杉が作られたのは室町時代のはじめだという。茶道文化の隆盛期とやや併行《へいこう》しているのである。

このようにして、庶民材が茶人の手で出世し、やがては銘木といわれるようになり、いまでは銘木の王座にすわってしまって庶民の世界から遠くなった。ちょうど戦国つまり室町末期のころ、下層から氏素姓《うじすじよう》もさだかならぬ群雄がおこりたって大名になり、それが徳川時代に入ってその身分が固定し、その家系が明治後華族になったというようないきさつと似ている。ヒノキが公卿《くげ》華族で、杉が大名華族といえるかもしれない。

銘木屋という商売がある。

材木屋のなかの材木屋というべき稼業《かぎよう》で、ふるくから大阪の船場《せんば》の横堀一帯が全国的中心であった。最近、これが町ぐるみ大阪府下の吹田《すいた》市に移って、銘木団地をつくった。ここで市《いち》が立つ。この市には東は秋田杉から西は屋久《やく》杉にいたるまであらゆる杉の銘木があつまってきて値がきまり、全国へ散ってゆく。大阪は徳川時代、天下の台所といわれたように、どの商品にかぎらずこの街で市が立って天下の相場がきめられたのだが、こんにちそういう過去の栄光をになっているのは、わずかに銘木市だけなのである。

私はこの市の風景がすきで、ときどき散歩がてらに見にゆくが、

「銘木のめききほどむずかしいもんはあらへん」

と、おしえてくれたのは、この界隈《かいわい》で父親の代からの店をまもっているRであった。Rと私とは、兵隊友達である。Rは不幸なことに（と、かれはいう）大学を出た。かれの学歴は、京都大学法学部卒なのだが、要するにおとなになってから銘木屋を継いだ。

山へ行って山持から立木を買うばあい、当然だが、外観を見たままで値をつける。なにしろ商品になるのは二百年とか三百年とかの樹齢のものばかりである。しばしば、外観は堂々としていてもなかみがガランドウになっているのが多く、買って帰って二つに割ってからそれがわかっても金は返してもらえるわけでなく、いわば何百万円を張って空気を買ったのも同然になるのである。

その逆もありうる。

「あれは中身は空洞《むろ》や」

と、凡庸な目からみればどうみてもそのように見られる木を、この道の天才たちはタダ同然で買って一本で数百万円のもうけをする。そういう眼力は、小学校を出るか

出ないかのころに、つまりその年齢の感受性のなかで鍛えこまれないと、生涯身につかないというのである。大人になって身につくのは知識ばかりであり、たとえば古美術の真贋《しんがん》についても、大学の美術史の先生よりも、小僧からたたきあげた骨董《こっとう》屋のほうがたしかなかんがあるというのと、これはおなじであろう。

名人になると、

「これは鉄砲玉が入っている」

などと、そこまでのかんが働くという。戦国時代に若木だったその木が、火縄《ひなわ》銃の鉛弾をいくつもくらったままそれを肉に包みこみつつ老い、はるかに二十世紀後半におよんで市場に出てくるのである。歴史を包蔵したそういう杉もまた霊妙《れいみょう》だが、その弾の存在を外観だけで言いあてるという人間のかんというのも、霊妙としか言いようがない。

Lさんという旦那が、いる。

銘木界の英雄のひとりである。いまから五十数年前、つまり小僧のころ、たまたま奈良へあそびにゆき、春日神社の参道の入り口にある巨大な春日杉をみて、

「自分も生涯のうちで、これだけの杉を落札したいものだ」

と、おもった。

奈良へ行ったひとなら、この巨杉を記憶しておられるひとも多いにちがいない。参道入り口の右わき、胴にシメ縄を張りめぐらせ、見あげると鬱然《うつぜん》と天をおおっている老樹である。ついでながら、杉の三大良品というのは、秋田杉、屋久杉、それに春日杉ということになっているが、春日杉はそのなかでも珍中の珍とされていて、市にもめったにあらわれない。

なぜなら、春日杉は、奈良公園内の、それも春日神社を中心にしたあたりという、きわめて局限された場所にはえているだけで、従って数がすくない。そのうえ場所の性質上、切って売られるということがなく、たまたま台風などで風倒木が出て、それがはらいさげられるという、ただそういう機会にだけ市場に姿をあらわすのである。

われわれ素人《しろうと》がみても、他の杉材とはちがい、マサ、モクメが美しく、それに奈良公園付近の土質の関係か、材になったときの肌が一見してアズキ色のような厭味のない色をしている。

Lさんは、小僧のころこの杉によほど憑《つ》かれたのか、何度も見に行ったし、ついに寸法をとってみたりした。老人になってからもう一度とってみたが、老いた樹というのは生長がにぶるものなのか、すこしも変化がなかったという。

妙なことがあるもので、この人の小僧のころからの願《がん》があたってしまったのである。

この杉が数年前からかたむきはじめた。そばの燈籠《とうろう》の横に人家がある。もし台風などがあって倒れてしまうと人家がひとたまりもなくおしつぶされるというので、この春（昭和四十四年）、県（このあたりは県有林らしい）が一本売りにして売りに出したのである。

推定樹齢は四百年とみられていた。それでも大層なものだが、ところがあとでしらべてみると、なんと六、七百年という巨齢だった。七百年前だとすると、この樹はその嫩《わか》いころに鎌倉のころの蒙古襲来を知っていたことになる。敵国調伏《ちょうぶく》の祈禱《きとう》などでこの参道をひとびとが騒ぎ走ったことも見ていたはずであった。

これだけの樹である。県では一社だけに買わせることをせず、入札にし、そこでこの樹一本のために、

「春日杉買入組合」

という名称のものがつくられた。参加したのは、銘木店十社である。むろんLさんが社長になっている店もまっさきに参加した。

Lさんにとって、ただごとではない。小僧のころからの念願がこもっているし、さらにはこの樹が、その七百年の生涯をおわろうとするにあたって、その始末を自分に託そうとしているのではないかとおもったりして、これを落すことに自分の商人としての生涯を賭けようとした。落すには、法外の高値をつければいい。

——空洞《むろ》があるのではないか。

という見方も、業界にはつよかった。

が、Lさんは相場もなにも黙殺して、二千三百万円というべらぼうな高値をつけることによって、みごとに自分の手におとした。業界はその非常識におどろいたが、しかし大阪商人も小堅くなってしまったといわれている当節、ひさしぶりにあきんどらしい放胆さを見せてくれたというので、経済記者あたりには評判がよかった。

ところでこの杉をさばいてみると、寸法は直径六尺、長さ十間、色はみごとな赤味で、しかも空洞どころか、虫食いひとつなかった。この無垢《むく》といっていい材質のおかげで、Lさんの感傷的な高買いがみごとに商売になって、倍ちかい四千万円で売れたという。

じつをいうと、私はこのLさんという人を知らない。以前、市をみていたとき、

「あれがLさんや」

と、横の知人が教えてくれたが、人垣ごしにやっと背中が見えただけであった。その背が人垣に重なりつつ去ってゆこうとしていたが、想像とはちがって、ひどく小男にみえた。あるいは別人だったようにもおもわれる。

千葉の灸

甲州で、古いひとなら、

「小田切謙明《けんめい》一所懸命」

ということばを知っている。こどもなどが遊戯《ゆうぎ》をしていて、いざ正念場というときに、オダギリケンメイイイッショケンメイととなえたものだときいているが、といって、この人物がどういう人物か、いまは甲州でもあまり知られていない。

筆者も、明治の自由民権運動家という以外よく知らなかった。

このひとは生きているうちに神様にまつられたという。生祠《せいし》である。

祭神である当の人間は、浮世のどこかでめしを食ったり汽車に乗ったり、排便をしたりしているのだが、別の場所で一団の大まじめな連中があつまり、その人物を祭神にし、地をさだめて祠《ほこら》をつくり、春秋二季に神主をよんできて大祭などをしたりするわけである。日本の土俗信仰のなかでも、この生祠だけはおそらく、世界に類のないものにちがいないが、ともかくこういうことをやる民族というのは、どこか、不可解なものをもっているに相違ない。生祠という土俗がいつごろからはじまったものかは知らないが、山梨県にもっとも多く、広島県にもいくつかあるという。多くは、農民を救済した義人的な庄屋、または租税《ねんぐ》を軽減するなどの善政をやった代官などが祭神になったというから、江戸時代の農民が発明したものかもしれない。

小田切謙明は、明治十六年に甲府城のそばで温泉を発見し、県庁に許可をえて掘り、これがためにそれまで草原だったところがたちまち湯治場になってにぎわった。そこで土地の者が謙明をありがたがり、その恩を感謝するため、明治二十一年九月、桜町に祠をつくってまつった。謙明は号を海洲といったから、神さまの名は「海洲大権《だいごん》現《げん》」ということになり、その神社を建てるについての趣意書は、依田敬三という東京帝国大学の法科学生が有志にたのまれてかいた。当時甲府の町では、大学生といえば学者ということになっていたのであろう。

「桜町温泉場は、小田切謙明氏の新開せるものにして、明治のはじめは狐狸の住せる野原なりき。……」

というところから趣意書の文章ははじまるのだが、それはどうでもいい。

小田切謙明が生神になったということも、じつは筆者にとってどうでもいい。ただ言いそえておかねばならないのは、生きながら祠にまつられるほどこの謙明は怪人物であったわけでもなんでもなく、土地にそういう土俗信仰がのこっていて、謙明がそれに仕立てあげられただけのことにすぎず、いまでいえば、文化勲章をもらったりすることとあまりかわりはない。

謙明は甲府市新青沼のうまれで、幕末、十八歳ですでに青沼村の庄屋であった。維新後、自由民権運動に投じ、私塾をつくったり、啓蒙《けいもう》新聞を発行したりして、政府当局から圧迫されたりしたが、のち板垣退助の結社にくわわり、各地に奔走して、いわゆる民権闘士としての名を全国に知られた。明治十三年十一月に東京でひらかれた国会期成同盟の大会では河野広中、杉田定一らとともに幹事の列に名をつらね、その後結成された自由党で常議員ということになっているところをみると、地方的活動家であったとはいえ、相当な存在だったといってよい。

やがて明治国家が立憲制になり、明治二十三年、第一回の衆議院選挙がおこなわれたとき、当然ながらこの立憲運動のためにながいあいだたたかってきた小田切謙明は、その故郷の山梨県第一区から立候補した。ところが落選した。

原因は、内相品川弥二郎の選挙干渉と、謙明自身に選挙資金がまるで不足していたためであった。この当時、露骨な買収選挙がおこなわれた。小田切謙明にはその金もない。かれは国会をひらくという運動を十数年にわたってつづけ、「小田切謙明一所懸命」といわれるほどに奔走をし、先祖からの資産もつかいはたし、いざその世の中がきたときに、他の金権候補のために敗北した。あわれとも皮肉ともいいがたいが、この皮肉を謙明に味わわせた山梨県有権者のしたたかさは、むしろ痛快なくらいである。謙明はこの時期、すでに生神になって桜町の一角にまつられ、春秋二季にはその祠に「海洲大権現」という赤ノボリが立っていたころのことである。祭神にはしても選挙には当選させないというところが、おもしろい。

このころ、金権候補はみな政府党で、それらの豪勢な選挙ぶりをうたった俚謡《りよう》まではやった。

「浅尾人力《じんりき》、金丸馬車で、小田切ゃわらじで苦労する」

第二回の総選挙が、同二十五年におこなわれたが、このときも謙明は立候補した。この二回目のときは前回以上に金がなく、唄のようにわらじがけでかけまわったが、「浅尾人力」のために惨敗した。その翌年、四十七歳で死んだから、ついにかれは国会に出たことのない草莽《そうもう》の政客としておわった。

話はまったくかわるが、金子治司氏の著書に「幕末の日本」という本がある。まことに新聞記者の著作らしくいちいち足でたしかめられた幕末史話で、そのなかに「千葉の灸《きゆう》」というくだりがある。

剣の千葉家には、周作の神田お玉ケ池道場と、周作の弟定（貞）吉の桶町《おけちよう》道場とのふたつがあり、たとえば坂本竜馬はその桶町千葉の塾頭であった。金子氏は、桶町千葉家の子孫のひとをたずねておられる。著者金子氏によると、桶町千葉家の子孫は、定吉からかぞえて五代目、千葉晃氏というひとで、晃氏は歯科医の免状をもちながら、灸治院を経営しておられるそうだ。

このくだりに、私は興味があった。なぜなら千葉家には周作・定吉のころから「千葉の灸」といわれた独特の灸がつたわっていて、それが、維新後、剣術がはやらなくなってから、桶町千葉家の生業《なりわい》になった。それがいまなお根づよく支持者があり、五代目の晃氏によって灸法が継がれているというのは、おもしろい。

金子氏が、足立区千住《せんじゅ》仲町一二九の千葉家に訪ねてゆくと、「千住の灸、千葉灸治院」という古びた看板が、風にかたかた鳴っていたそうだ。

金子氏はそこで、竜馬と千葉家の娘さな子との交情について、晃氏から言いつたえ話をきこうとされたところ、このくだり、氏の文章によると、晃氏は頭をかきながら、「いまになってみるとおやじからの聞き語りをとっておくべきでした。だから定吉じいさんのことも、おさなおばさんのこともよく聞いていないのです」ということで、いまは言いつたえが絶えてしまっていた。

定吉とその子重太郎の墓は、雑司《ぞうし》ケ谷《や》の墓地にある。ところが、さな子の墓はわからないと晃氏はいう。（「幕末の日本」は昭和四十三年、早川書房刊）

ということだが、じつは、千葉さな子の墓は、幸い、現存している。それも甲府市にある。ここで、前記、小田切謙明とつながってくる。

その前に、千葉さな子とは何者かということを、説明しておきたいのだが、どうも紙数がとぼしい。竜馬のみじかい生涯のなかで出てくる何人かの女性の一人である。

竜馬は桶町千葉で剣を学んだが、ほとんど千葉家の家族同様に待遇され、のち諸国を奔走しているときも、江戸にくればかならずこの千葉家を宿にした。自然のなりゆきでさな子は竜馬に好意をもったが、竜馬もむろん同様だったにちがいない。かれは技能をもった才女がすきで、それからみればさな子は娘ながら北辰一刀流の免許皆伝のもちぬしである。ところが、この恋は結ばれなかった。竜馬はその若い晩年、最後に江戸を発つとき、さな子から胸中をうちあけられ、かれもおどろいた。あるいは驚いたふりをした。なぜならば、竜馬は妙に艶福家《えんぷくか》で、このときすでに京でおりょうという娘を得ており、これを結局は妻にした。という事情から、その事情をうちあけられもせず、かといって恩師の娘をいたぶることもならず、窮したあまり、「自分は危険な奔走をしている。いつ死ぬかわからず、だから結婚ということは考えられる境涯ではない」と婉曲《えんきょく》にことわり、「しかしうれしい」などといって、いきなり自分の着ている着物の片袖をひきちぎり、「浪人の身でなにもさしあげるものはないが、これを私の形見だとおもってください」といって、その桔梗紋《ききょうもん》入りの片袖をさな子に渡し、千葉家を去った。その後、竜馬は死んだ。

さな子は、維新後は、女子学習院の前身である華族女学校が永田町にあったころの舎監のようなしごとをしていた。教え子たちにときどき昔ばなしをし、私は坂本竜馬という人の許婚者《いいなずけ》でした、と語ったりしたが、明治の初年は生き残った元勲たちの全盛時代で、物故者の名はほとんど世間で語られることがなく、娘たちも坂本某とは何者であるかよくわからなかったそうである。

さな子は、竜馬の妻として生涯空閨《くうけい》をまもった。さな子自身も、京や長崎で奔走する竜馬にはおりょうという者が存在したということをおそらく知らなかったにちがいない。

さな子が、いつ華族女学校を退職したのか筆者にもついに調べがつかなかった。

そのあと、千住にいた。

あるいは千葉晃氏がいま住んでおられる千住仲町二九かもしれないが、ともかくさな子も、その千住の家の軒に、

「千葉の灸」

という看板をかかげ、需《もと》めがあればその家伝の灸法をほどこした。

以下のことは、おそらく明治二十四、五年のころだろう。前記、山梨県の自由民権

運動家の小田切謙明が中風《ちゆうぶ》を病み、ほうぼうの医者にかかったがおもわしくなかった。小田切夫人豊次（女性名である）が、千住に中風の灸点をおろしてくれる家があるとき き、謙明を人力車にのせて訪ねてみた。

奥から上品な老婦人が出てきて、表ノ間で容体をきき、やがて灸治療をしはじめた。通ううちに、小田切夫妻はこの老婦人が何者かということに興味をもち、身の上をきくと、なんと桶町千葉家のむすめで、坂本竜馬の許婚者であるという。

謙明は、自由党の総帥の板垣退助とは親しく、板垣が土佐人である関係で、坂本竜馬という人物のことは早くからきいていたし、その板垣がかつて、自由民権の先唱者的存在は自分ではなく、それ以前の坂本竜馬である、と語ったことを、おぼえていた。それやこれやでこの老婦人の境涯が気にかかり、きいてみるとひとり暮らしだという。

謙明もその夫人豊次も底ぬけの親切者だったらしいから、老婦人を説きつけ、自分たちと甲府で住もうといった。

といってべつに灸が効《き》いたからではなかったらしい。さな子の灸は謙明の容体にはあわず、謙明は明治二十六年四月九日、甲府の自宅で死んだ。

謙明の死後、豊次はさな子を甲府の小田切家にひきとり、余生を送らせた。その三年後の二十九年十月十五日、さな子も死んだ。

謙明の墓は、小田切家の菩提寺である甲府市白木町の日蓮宗清運寺にある。

その横に、さな子も一族のあつかいで葬られ、自然石の墓碑に、

「千葉さな子墓」

ときざまれ、碑の横側には「小田切豊次建之」とあり、さらに、

「坂本竜馬室」

と、刻まれている。

さな子は生涯、竜馬の妻のつもりでいたらしいが、死後、墓碑によってその思いが定着した。人の世の儚《はかな》さと、人の心の結び目の強さのようなものを、同時に感じさせてくれる墓碑である。

謙明の旧宅は甲府市の新青沼町に残っており、その生祠はいまも市内桜町にある。

普仏戦争

日本にとっては遠いヨーロッパでおこった戦争だが、普仏戦争（一八七〇～七一）ほど、ひとの国同士のさわぎながら、日本に影響の大きかった事件はない。

それより以前、幕末の日本にとって、フランスは富国強兵のモデルのようなものであった。徳川慶喜をはじめ、開明的な幕臣、たとえば小栗上野介忠順《おぐりこうずけのすけただまさ》や栗本鋤雲《じょうん》などのフランスへのあこがれは、いま考えるといじらしいほどのものである。

ときにフランスは、ナポレオン三世の第二帝政期にあり、ナポレオン三世という、このいんちきくさい、世間師のにおいのする敏腕家が、その治世二十年のあいだにフランスをして「世界の銀行」といわれるほどの産業国家に仕立てあげてしまった。そのころが、日本の幕末である。

幕府がフランスに魅力を感じたのも当然であろう。幕府はナポレオン三世の寵臣のひとりである駐日公使レオン・ロッシュをまるで政治顧問のように信頼し、ロッシュも幕府瓦解までこれを自分の政府のように愛着をもった。小栗ら幕府の急進的な改革派は、同時代の最大の偉人はナポレオン三世であると信じた。

「将軍も、わが国の皇帝をまねるべきです」

と、ロッシュはしきりに教えたらしい形跡がある。三世は大ナポレオンのおいというだけのきわめて薄弱な政治的根拠を手品のたねにし、大の没落後、フランスは何度も革命的な政変の歴史をへているにもかかわらず、二月革命のどさくさのなかから皇帝という時代遅れの地位をつくりあげてしまった。

「ですから」

と、ロッシュはいったであろう。

「フランスでもその奇蹟はあったのです。それに徳川将軍という大看板は決して時代遅れではありません。ただ大改革をすべきです。将軍のもとでヨーロッパ風の郡県制度にしてしまうことです。それにはいまの大名から領地をとりあげ、貴族にして江戸にあつめてしまう。薩摩、長州、土佐、あるいは越前などはそれに反対するでしょう。それらは片っぱしから討伐することです。その討伐に必要とあれば、フランスの陸海軍の一部を貸してあげてもよろしい。また幕府軍をフランス化するための資金も、フランスが貸してあげます」

この構想が、小栗らの幕府救済案になり、慶喜も多分にこれにかたむいた。勝海舟がこのような幕府のゆきかたに対し、幕臣ながら日本的見地という点（幕臣の論理と

して は飛躍しているが）から危険を感じ、小栗らからみれば裏切り行為――つまり薩長の革命勢力をあおるという――大胆な個人活動をすることによって、結果的には倒幕に手だすけした。

おもしろいことに、倒幕勢力の連中は、ナポレオン三世に対して小栗らがもっているような英雄的印象をもっていない。西郷隆盛はナポレオン一世とワシントンを崇拝し、坂本竜馬はワシントンをもって革命家のモデルのようにおもっていた。要するに、第二帝政のフランスの政体にきわめて薄い関心しかもっていないあたりが、幕府内の自己改革派と見くらべて、対照のおもしろさがある。ただしフランス陸軍は強いというそういう固定観念だけは、親幕・反幕をとわず、この当時の日本の知識層一般にあった。

これが明治になり、普仏戦争（明治三年～四年）でのフランスの敗北とナポレオン三世の失脚によってがらりとかわるのだが、かわるまでにすこし話がある。

幕府はたおれたが、維新政府は当然ながら、その陸軍の方式は旧幕方式をひきついだ。フランス式である。軍服もフランスまがいのものであり、旧幕府がやとっていたフランス人教師を新政府はひきつぎ、それだけではなく明治五年にはあらたに戦術教育のため参謀中佐マルクリー以下十数人の教師団を招聘《しょうへい》するほどにフランスに頼った。

士官養成機関もすべて仏式であった。

ところが、日本の明治三年に普仏戦争がおこった。

普魯西《プロシャ》（ドイツ）陸軍は、天才的な作戦家でありさらには独創的な軍隊組織の創始者でもあるモルトケを頂点とし、参謀本部制度という他国に類のない作戦頭脳の中軸をもち、つねにフランスを仮想敵国として軍隊を練磨していた。日本はこの国の陸軍についてはほとんど関心も知識もなかったが、当の相手のナポレオン三世の対普知識もあまいものであったらしい。プロシャの宰相のビスマルクがさまざまの手でフランスを挑発し、ナポレオン三世はついその手に乗り、景気よく宣戦布告した。ひとつにはこのころには三世皇帝の政治的寿命がそろそろ尽きはじめており、外征をすることによって国民の関心を外にむけようとしたこともあったが、なによりも彼はフランス陸軍の精強さについての信者であることだった。当然、勝つとおもった。

ところが宣戦布告とともに、国境で足ぶみするようにして待ちに待っていたプロシャ軍がどっと侵入し、各地で仏軍をやぶり、開戦わずか一カ月後には仏軍主力をメッツの要塞に包囲した。さらにはセダン要塞をかこみ、ついに八万五千のフランス将兵を降伏させた。そのセダンにおける降伏者のなかにナポレオン三世が入っていた。開戦後二カ月もたたぬあいだのことであり、第二帝政はここでおわるのだが、パリではその二日後に共和政府が出来、なおも抗戦した。プロシャ軍はさらに進んで十日後にそのパリを包囲した。ここに、百数十日にわたる有名なパリ籠城がはじまるのだが、この籠城中のパリに、日本人もいた。ほとんどが留学生であった。

薩摩人前田正名《まさな》もそのひとりである。坂本竜馬が長崎で亀山社中、のちの海援隊という私設海軍兼貿易商社のようなものをやっていたころ、大株主は、五千両の出資をした越前福井藩と、船を出資した薩摩藩、それに長州藩だった。薩長は犬猿の仲だったが、竜馬の「海軍会社」においては、薩長はその秘密同盟以前から一つ仲間になっている。やがて幕長戦争がおこったころ、薩摩から三人の連絡者が長崎の竜馬のもとにきた。そのうちの一人が、前田正名であった。前田は藩の医官の子ではじめ弘庵といったが、医者をいやがって名を正名とあらため、藩の奔走家《ほんそうか》のうしろにくっついては使い走りをしている。

長崎では短い期間、竜馬の走り使いをした。齢は十六で、竜馬は、このひたいのせまい薩摩の少年藩士を仔犬のように可愛がり、「のう、前田のニイサンよ」といちいち呼びながら海外のホラばなしなどをしてやったらしく、正名は自分の生涯のうちこのひとからうけた影響がもっとも大きい、といった。竜馬は、この前田正名をふくむ三人の薩摩藩士を、対幕戦のまっただなかの長州へ使いにやった。かれらは小倉まで行ったが、関門海峡は幕府艦隊に封鎖されていて渡し舟が出ない。前田は、

「俺《おい》はこの潮にとびこんで流れてゆく。死骸になって長州海岸に打ちあげられても使いの役目は果したことになる」

といってきかなかったというから、この少年の性格の一面が、ほぼわかるような気がする。

この行動家は、すでに洋学の勉強をしていて、なにがなんでも海外へゆきたかった。竜馬にそれをいうと、竜馬は賛成したが、「しかし前田のニイサン、幕府が倒れんかぎり、お前《まん》のような身分の者は行けんぜよ」と、からかったりした。その竜馬がやがて死ぬ。ほどなく維新政権が成立し、そのあと前田は東京へゆき、同藩の大久保利通にたのみ入った。大久保はその希望をかなえてやった。やがて前田は横浜を発つが、それが明治二年のことだから、明治後最初の留学生のひとりだろう。

パリへゆき、日本通のモンブラン伯爵のもとに寄宿してまず言葉をならった。そのうち普仏戦争がおこったのである。

前田正名がパリについたころはノイローゼの気味だったらしい。ちょうど未開人がとほうもない大文明のなかにまぎれこんだようなもので、それも当人は自分が未開人だと思っていなかっただけに、日本がいかに未開であるかということを思うと、絶望感におち入った。日本にいる連中は、なあに十年もすれば追っつける、といっていたし、前田もそうおもっていた。

パリには、旧幕府の留学生もいた。瓦解とともに帰った者もあるし、そのまま新政府の留学生にきりかえられた者もある。どの者も一様に陰惨な表情をしていた。旧幕時代、パリの下宿で腹を切って死んだ留学生が二人もあったというはなしを前田はかれらからきかされたが、原因は、町で人種差別をされたからだという。人種差別をうけたといって自殺をするような民族がどこにあるであろう。前田は、この名誉心がつよく、ことがあれば身がもたぬほどに神経を緊張させてしまう日本人というものに、同種族ながら異常なものを感じた。

前田もむろん、その連中とかわらない。かれは他の連中と同様、フランス人というものを畏怖するあまり、憎悪した。フランスびいきになる者など、一人もいなかった。ひいきになることはかれらの偉大さに屈伏することである。とこのまだ侍《さむらい》であったことの抜けぬかれとその同一体験者たちは信じこんでいた。前田正名も表情が陰惨になった一人であったであろう。

そのフランスが、プロシャという、日本人が二流国だとおもっていた新興国に、史上空前の大敗北をとげたのである。これほど前田正名や、パリの日本人留学生の心を痛快にした事件はなかった。かれらは痛快がるあまり、プロシャに対して実像以上の巨大さを感じたし、自分が厄介になっているフランスを実像以上に卑小にみようとした。フランスというのがどういう精神とその精神の歴史でもって成立しているかということはかれらに理解しにくく、理解する心のゆとりもなかったが、戦争の勝敗というこの明快なことだけは理解できる。その採点表からフランスを解釈しようとした。

「国民としてはじつにくだらない連中である」

と、前田は帰国後も語った。

前田ら日本人留学生がおどろいたのは、ナポレオン三世がセダン要塞で敵の捕虜になったというこの衝撃的な報道に対し、フランス人は靴を川におとしたほどのおどろきも感ぜず、すぐかわりの靴として共和政府をつくったことであった。フランス人はさっそく皇帝の妃をパリから追い、妃はただ一人の女官をつれ、二人の下僕《げぼく》に介添えされてベルギーへ逃亡した。

前田正名や他の留学生たちは、フランスの政治史にほとんど通じておらず、この現象を、日本の徳川将軍なり、藩主なり、または天皇なりにおきかえて解釈した。

「日本ならば、主君のため城を枕に討死するところだ。やはりフランス人は禽獣《きんじゅう》である」

禽獣であるとおもいたかったのは、前田正名らのそれまでの憂鬱は、人種差別をうけるということだけでなく、かれら自身、自分の人種的能力に疑問をもち、フランスの繁栄と文明が、その優越した人種的能力によるものであり、逆に日本人の頭脳は劣等で基本的にその能力に欠けていると思うようになっていたことに根ざしている。こんどは逆に、禽獣と見たかった。

「かれらの繁栄は、国民一般の能力によるものではない。よくよくみればかれらの伝統的な習性として天才を尊敬するところがあり、ときたま出る天才たちがものを発明したり、あたらしい考えをひらいたりすると、それをみなが寄ってたかって応援して育てる。この文明と繁栄はそういうことでできあがっているだけであり、他は禽獣である」

　禽獣であるという前田の理由は、皇帝に対して忠勇義烈ではない、ということだけなのだが、かれにとって笑いごとではないであろう。この一事のみが、この日本人をあわれな劣等感からすくいだす唯一の救い網になっていた。

　九月二十一日には、二十歳から六十歳までの者で、市民兵が組織された。前田正名も応募した。籠城八十日目になると、市民はねずみの肉まで食うようになった。そのねずみの肉も容易に手に入らず、買えば一フランもした。日本の一分金《ぶきん》一枚という高さである。百日目になると、さらに窮乏した。前田は馬の蹄《ひづめ》を煮だした汁を買って、やっと餓《う》えをしのいだ。

　かれはずばぬけて勇敢な市民兵だった。勇敢であるということ以外に、日本人たる者がフランス人に対して優越しうる場所はなく、この時代、フランスでも日本でも、戦いにあってはこのこと一つが人間の価値をきめた。前田正名は日本人としても小男で、それが長い銃を背負い、とびきり長いサーベルをひきずって駈けまわる姿はなんとも珍妙であったが、前田は大まじめだった。勇敢であることをみせるために郊外の戦場のそれも最前線までとびだし、プロシャ兵の顔の見えるところまで前進した。ひとつにはフランスを破ったドイツ人というものを見たかったからでもあった。あまり敵地に近づくために、

「あのシナ人はスパイではないか」

とうたがわれ、警察の留置場にたたきこまれたこともあった。前田正名は、留置場でも、勇敢な市民兵として昂然としていた。戦争が日本人に国際的な自信をもたせてきたという明治の国民心理の歴史が、この男の個人のなかで象徴化されているようでもあった。

そのころ、別な場所で、市民兵にこそ加わらなかったが、前田正名とよく似た心理的経験をした者に芸州藩出身の陸軍少佐 渡《わたり》正元という人物がいる。渡はフランスの陸軍士官学校に留学中であったが、籠城中の正規兵、市民兵の臆病さを見て、それを軽蔑することによって自分を一挙に立てなおすことができた。

「巴里《パリ》府人は虚飾をもっぱらとし、言語を巧みにすれど内に報国の赤心《せきしん》なく、常に国事を罵《のの》しれども危急に蒞《のぞ》んでその国を顧みざるがごとし」

と、罵倒している。

当然この明治三年の在パリ日本人たちはフランス人の政治意識の複雑さを理解する素養はもっていなかった。王制、帝制、ブルジョワ共和制、そしてやがては、パリ・コミューンにつづくプロレタリアートの課題などを、現場にいながら後世の史家の百分ノ一も知っていなかった。むろん知らないということが、この現場人たちの無智をあらわすものでは決してない。いうまでもないことである。

戊辰戦争で奥州征伐に従軍した長州人桂太郎は、この明治三年は二十歳をすこし出たばかりの青年であった。かれはフランスの士官学校に留学を命ぜられ、まずロンドンに着いたとき、フランスの大敗北を知った。さらにパリはプロシャ軍によって包囲中で、途中が大混雑しているという。ともかくもベルリンまで行ってみた。いよいよ渡仏の不可能であることを知り、プロシャ陸軍をまなぶことにした。これによって桂太郎は軍人ドイツ派の最初の人になったが、この留学さきの変更は、かれの留学が戊辰の賞典禄を質《しち》においての私費だったため、かれ自身の判断によった。この桂が三年後に帰国し、山県《やまがた》有朋を説いて兵制をフランス式からドイツ式に転換せしめることを献策し、やがて容《い》れられ、日本陸軍は青から黄になるほどの模様がえをし、兵制、戦術、操典にいたるまでことごとくドイツ式になり、この式によって、日清、日露役を経た。

明治の草創期の軍人というのはおもしろいが、軍人が官僚になった昭和期の軍人の頭脳は、明治人よりもはるかに老化していた。かれらはなおもドイツ的軍事思考法をほとんど神聖視し、ついには同盟まで結び、運命を共にした。秩序老化期の官僚軍人のおろかさというのは、たとえば昭和十八年三月三日、陸軍の軍務局長佐藤賢了が、衆議院の決算委員会でぶった答弁にもあらわれている。昭和十八年といえば対米戦の様相が悪化しはじめているころだが、この日本軍部の実力者は、

「大体、米国将校ノ戦略戦術ノ知識ハ非常ニトボシイノデス。幼稚デアリマス」

と説き、なぜ幼稚かというと「アメリカの高級将校はフランスの陸軍大学を出た者が多い（どうも実証性にとぼしい）からであります」

と言い、そこへゆくとドイツ戦術はりっぱである、だから日本戦術はりっぱである、という意味のことを大まじめで礼讃《らいさん》している。なんとかの一つおぼえというが、国の秩序が老化し、やがてつぶれる時期ともなると、人間のあたまもここまでぼけてくるものらしい。

村の心中

この石川村大ケ塚というあたりは二上山《にじようさん》の山すそがゆるやかに降りてきて、田園のところどころに古墳などがあり、土師部《はじべ》の遺跡などもあって、人間がよほどふるくからすみついていたらしい。

「ここから大坂城が焼け落ちるのがみえた」

という口碑《こうひ》がつたわっているから、晴れた日にはかつては大坂城がみえたのであろう。いまは大阪の近鉄アベノ百貨店あたりを起点にすると東南へ二十キロ、富田林《とんだばやし》街道をへてこのあたりまでくると、田園の情趣が大阪府下ではもっともよく残っている。

江戸初期に、この大ケ塚の庄屋は河内屋五兵衛という者であった。

五兵衛は姓もない百姓身分の男ながら、農事のひまひまには能狂言もやるし、金剛流の謡曲、あるいは俳諧もたしなむし、それになによりもかれはすぐれた文章家である。江戸初期といえば学問はまだ士分階級の一部にしか普及していなかったとおもうのはとんでもないことで、大ケ塚というような小字《こあざ》の小庄屋の教養は相当なものである。かれは寛永十三年（一六三六）のうまれで、壮年のころから村での見聞などを材料に随筆を書きはじめ、大福帳のようなものに書きつけて老年になるまでおよんだ。その文章は平明達意で、その観察は客観性に富み、三百年前の田舎の老爺とはとうていおもわれぬところがある。

たとえばこの村に大きな寺があって、境内《けいだい》の一角に太鼓楼がたかだかとそびえているが、その太鼓番で善右衛門という男のことを書いている。かれは大坂落城のときの落ち武者くずれらしい。

「当地御堂《みどう》の鼓番に、善右衛門という大男あり。この者は御旗の者（大坂城の旗本）にて、秀頼公の事よく知りたる男なりしが、たびたび語っていう。秀頼様は御心おろかに御座ありしと也」（原文）

善右衛門のいうに、秀頼はサザエがとくに好物で、おびただしく召しあがった。あるとき病気になり、医者がこれを禁じた。秀頼はそういうことも知らず〝ちかごろ一向にサザエを膳《ぜん》にのぼさないのはどういうわけか〟というと、近習の者が、〝片桐市正《いちのかみ》（且元・秀頼の老臣）がみなとりあげて無くしてしまわれました〟というと、秀頼はくびかしげ、

「市正は、サザエの実《な》る木まで掘ってとりすてたのか」

といったという。

落城もまぎわという攻防たけなわのころ、秀頼がボンヤリしているので側近の者がいさめて、

「戦《いく》さとなると、大将のお言葉というのはかたじけないものでございます。いま諸人は上様のおんために苦労をしております。ぜひお言葉をもっていたわってあげてください」

と申しあげると、秀頼はおおぜいの中へ出てきて、「苦労」といった。それも労のところを、

「ながながと引きて、大音声《だいおんじょう》にて一言のたまえりと語りき」

この太鼓番のように、大坂の落ち武者が村へ流れてきて百姓階級よりも以下の階級におちていたらしい。

チンチ庄兵衛の親惣兵衛、村医道宣の借家にすんでいる仁兵衛、あるいは宗八といった者などがそうで、「宗八は御弓衆にて、強弓《つよゆみ》をひきしと也。秀頼公御自害ののち、当地に来り住せしなり。長命して死す」

没落した福島家の牢人もきている。佐伯弓夕《きゆうせき》という老人もそうで、壮《さか》んなころには福島家でも剛の者として知られたが、いまは当時中間《ちゆうげん》としてやとっていた清三郎という者に夫婦ぐるみで養われている。この清三郎の渡世は髪結《かみゆい》で、道具箱をかついで村の道を上下していた。その主人弓夕は八十余歳まで生きたが、その落魄《らくはく》ぶりは悲惨な

ものて、

「大男の大力の人なれども、八十有余の年の暮には老いさらぼれてよろぼいまわり、われらごとき者にも手を下す（丁寧に礼をし）」までになっていたが、しかし筆者五兵衛は謡曲好きだけに侍というものの節度の高さをよほどこのもしくおもっていたらしく、この弓夕老人についても、

「昔よかりし名残りとて、勇義の心ざし顕《あらわ》れ、いさぎよき魂は消《う》せもやらで、哀れにもいと惜しく覚えしか」

と、書いている。

とりつぶされた加藤家の牢人も村にながれてきている。成田新左衛門という者がそれで、百姓清右衛門の借家にすんでいた。五兵衛はこども心にもこの人がすきで、

「行跡《ぎょうせき》の正しきこと人にすぐれたり。町中を往還せらるるに、左右を一目も見ることなし」

武士が往来を歩くときはきょろきょろしない。目をまっすぐに据え、さっさと歩く。牢人成田新左衛門はそういう風儀のひとであった。

いまひとり加藤家の牢人がいる。青山八右衛門という人で、

「老いののちも武士めきて、なみなみには見えざりし」

と、五兵衛は書いている。

さきにチンチ庄兵衛というのが出たが、百姓には姓がないため、アダナが姓の代用をはたしている。アダナは当人だけでなく、たいていは世襲する。チンチとは背のひくいという意味らしい。

「ホラ五郎左衛門」

というのもいる。べつにホラフキというのではなく、特技としてホラ貝を吹くことができたからであった。

「ゴウトウ法印」

という在家ずまいの祈禱師《きとうし》がいた。強盗の前科があったわけではなく、どういうわけかしばしば追剝《おいはぎ》に逢ったからだという。

「グタ与兵衛」

というのもいる。

——鼻に病いありしゆえ、グタ与兵衛と言いけり。

と、五兵衛は説明している。蓄膿症《ちくのう》のひとの鼻声をグタ声といったのであろう。

「トンビ与右衛門は大和よりきたりし者也。箕《みの》を商いせしゆえ、ミノ与右衛門とも言えり」

チヂミ源右衛門、コノシロ長右衛門、オクス長兵衛などのあだなは、どうも来歴はわからない。

「ビンボウ太郎兵衛」

というあだなのわけは、よくわかっている。人体《にんてい》が貧乏神そっくりというところからきたもので、

「ビンボウ神とはよくも名づけし」

と、五兵衛は人悪く感心している。

「この者のありさま、異様《ことよう》なりしこと、絵にうつすとも、筆にも及びがたからん。幼少のこどもあつまりて、この太郎兵衛を貧乏神と名づけて、大きにおそれ、八方に逃げ去りし也。六根《ろっこん》（目、耳、鼻、舌、身、意）すこしも不具なるところはなかりしかども、自然と見ぐるし、自然と見ぐるし」

自然と見ぐるし、というのがいい。秋の夕ぐれなど、村はずれの竹やぶから太郎兵衛がひょっこり出てきたりすると、大人でもこわかったにちがいない。


村は平穏で大火もなければ人殺しもない。五兵衛のながい生涯のうち、きわだった事件といえば村に心中があったことであろう。

村のはずれに、大和から小作にきてそのまま住みついた六兵衛という男がいて、娘がある。ツナといった。齢は十六であった。

ツナは痩《や》せて幼げにみえるが、すでに情けを交した若者が村にいて、その者が夜ごと裏戸から忍んでくる。その者の名は八郎兵衛といった。

ツナの家は貧しかったために、一年かぎりの年季奉公に出ねばならなかった。奉公さきは六キロほどはなれた須賀という村である。

ツナは、須賀村に奉公したが、双方、逢う瀬をせかれるのがつらく、八郎兵衛は夜ごと石川という河をわたってツナの奉公さきまで忍んで行った。

「柴垣の破れより、しのびしのび行きかよう」

と、筆者五兵衛は同情をこめてこのくだりを書いている。

ところが、須賀の若衆どもがこれに気づき、この恋路の邪魔だてをしようとした。理由というほどのものはなく、要するに村の娘（たとえ他村からきた奉公人にせよ）は村の若衆のものだという領域意識があって、他村から夜這《よぼ》うてくるのをふせごうとする。かれらは途《みち》で八郎兵衛をまちぶせ、いやがらせをした。

——道なき世にもあるかな。

と、筆者は義憤しているが、ともかくも須賀村の衆は邪魔だてをしてやまず、ついに「酒を買え。来るごとに酒を貢《みつぎ》にするならこの関所をとおしてやる」といった。八郎兵衛はやむなくそのとおりにした。ところがこの若者の親はおなじ河内の今堂という村から流れてきた者で、村の田持百姓にやとわれて小作をし、いまは細工物を売ってくらしているが、娘の家同様まずしい。このため逢う瀬がかさなるにつれて酒を買う銭も尽き、かといって酒をもたずには須賀村へはゆけず、あるとき八郎兵衛はおもいあまって、

「いっそ、死のう」

と、ツナにもちかけた。八郎兵衛もツナも熱心な善念寺門徒で、来世というものを信じており、こういう生きがたい世をすてて来世は一ツ蓮《はちす》のうてなの上にうまれようと申しあわせ、そうなるとツナのほうがその一ツ蓮の暮らしにいちずな思いをこめるようになり、そのための死支度をした。この時代、人の妻になるとまゆをおとして歯に鉄漿《おはぐろ》をつけるのだが、ツナは奉公さきから二、三日の暇をもらい、ひそかにそれをほどこした。「童形のままでははしたない。色狂いの心中とおもわれる」というのがその理由であった。ツナはゆきとどいた娘で、親しかったひとびとを洩れなく訪問、それとなく別れをし、やがてしめしあわせた夜、八郎兵衛とともに宗旨の寺である善念寺と村の氏神の天神にひそかに詣り、そのあと大念寺の東の川を、すそをたくしあげてわたった。むこう河原に敷物を敷き、双方、むかいあった。ツナは八郎兵衛をいそがせた。八郎兵衛は菜も切れぬような脇差をぬき、切先をツナののどにあて、やがて刺した。切先がむこうへ一寸もつき出たというから、よほど力を入れたのであろう。それでもツナがとなえつづけている念仏の声がやまなかったというから、息は絶えて

いない。八郎兵衛はあわてて刀を一くりくった。念仏の声は消え、ツナは他愛もなく死んだ。

ところがこのあと、八郎兵衛は刃をさかさまにしておのれののどを突こうとしたが、「身も弱り、腕も萎《かいな な》えて、刀をもつべき力もうせて」（男の自供）ぼう然と立ちあがり、刀をおきすてたまま現場を去り、村にも帰らず、今堂村のおばの家ににげこみ、潜伏した。

夜があけて、野良ゆきの百姓がさわぎ、やがて騒ぎはひろがり、その日の夕刻には男の潜伏さきもわかり、村の者八人が今堂村へ駈けて八郎兵衛をひっとらえてきた。この種の事件は村落自治のたてまえによって五人組の連中が事にあたり、必要あれば庄屋がそれを監督し、お上《かみ》にまで報告する必要はない。

村の連中は男を現場につれてゆき、ツナの死体のそばにひきすえ、逐一白状させた。さて、処置である。

自害をさせるのが至当であろう。五人組のうち、弁の立つのがすすみ出て、

「八郎兵衛よくきけ。かように人を殺して汝《われ》のみが命たすかるいわれがない。その上、相対《あいたい》で死のうと言いかわし、刃をとって二世をかけたる女を手にかけながら、汝ばかりが生きてこの世にあるは奇態しごく。汝にも恥はあろう。この脇差にて早う死ねや。いそげいそげ」

とせきたてたから、八郎兵衛は骨の鳴るほどにふるえ、その者にとりすがって、

「道理じゃ道理じゃ。わしも死ぬつもりであったが、死にきれず、このこわさはどうにもならぬ。怖《こわ》や、たすけたまえや、人々」

と、ついには泣きさけび、一人々々に頭を地にこすりつけて哀願し、

「頭を剃《そ》る。出家して念仏をとなえ、女のなきあとを弔《とむら》うゆえ、どなたもこのとおりぞ、たすけたまえ」

といったから、みなあきれ、ついにはあまりのとりみだしように腹もたたなくなったところ、このあたりの山ぎわに太子寺という名刹《めいさつ》があり、その塔頭《たっちゅう》の住持央尊《おうそん》という僧がでむいてきて、

「こうまで命乞いをする者を、殺すことはないではないか」

と、五人組をなだめようとした。

五人組はひるんだが、しかし男をゆるす気にはなれない。われらの手に及ばず、ということで、庄屋へ訴え出た。筆者五兵衛が事件に登場するのは、このときからである。むろん五兵衛は現場にいるのだが、五人組から正式に訴えを受理したというかたちになるのである。

「これは女の親しだいではないか」

と、五兵衛はそこは論理的である。五兵衛の言うのに、心中だから殺人ではない、

ところが男は約束をやぶって死におくれた、となれば男は娘の親にとってカタキになる、カタキとして討《う》つかどうか、まず娘の親の意向をきけ、というのである。

女の親の六兵衛は、現場にいる。その妻は娘の死体のそばにうずくまったまま動かず、ずっと念仏をとなえつづけている。

六兵衛は、いった。この貧農の申し立てを五兵衛の文章によって直訳すると、

「なるほどカタキを討つべきかもしれないが、これは世の尋常の敵討《かたきうち》とはちがい、さのみ憎からぬことである。事の次第というのは、わが娘は約束のごとく死にたれども、男は死におくれたまでのことである。恥はいわば、男のほうにある。もしわが娘が、きたないふるまいをしてきたなき死を遂げたのであれば、親にとってどれほどうたてい（憂鬱な）ことかもしれないところであったが、わが子ながらも心地よく死にたるものかな。ことに男も出家になって娘の菩提《ぼだい》をとむらおうというのであるから、これ以上、なんの恨みかあらん」

と言いきり、ことばがおわると「涙をはらはらと流し、こは夢にてやあらん、夢ならば覚むる現《うつつ》のあれかし、と声をあげて悲」しみ、居合わせた者も貰い泣きした。

そういう事件である。

江戸も中期以後になってくると、この程度の事件にもお上が介入してくるが、この時代はこのように村落自治がまもられていたということがよくわかっておもしろい。

さらには事件処理についてのめいめいの談話に、当時の日本の庶民の心的状態《メンタリティ》がよくあらわれている。男の比興《ひきょう》（卑怯）を憎みながらも、しかし臆病、恐怖、命惜しみという人間の本性についてはおそらくこの村のあたりは浄土真宗（門徒）の教化地帯で、原罪の思想がひとびとの常識になっていたせいか、やむをえぬものとしてひそかにゆるしているところもある。

さらには、死についての美意識というもの、恥の思想というものが、日本人の基本的な心的要件であったことが、娘の父の貧農のことばでうかがえる。娘はいさぎよく死んだ、親としてそれでいい、というのが、嘆きは嘆きとして無理なく出ている感じである。鎌倉から戦国にかけての武士の意識が、徳川初期になると河内国の貧農にまでしみこんでしまっているらしい。

さて、事件のその後である。男は出家をするという条件でゆるされた。男は頭をまるめて家で家業をし、ときどき念仏を申すふうではあったが、しかし、一年もするうちに毛がのび、もとのようにまげを結《ゆ》うようになった。

ひとびとはそのあまりの図々しさに、村八分というほどでもなかったが、つきあいをやめてしまい、このため家業もたちゆかなくなり、男の一家はどこかへ退散してしまった。

「この事の次第をこのようにして書きとめておくのは、女のいさぎよさをほめ、男の不義を責め、それによって廃悪修善の教えのたねにもならんかと思うてのことである」

と、五兵衛が最後に書いているのは、かれが村の教養人だけにその後の江戸中期以後の庶民道徳の説教くささがもうにおい出ていて、やや興ざめる。

もっとも、これは五兵衛の照れかくしかもしれない。なぜならおツナ・八郎兵衛の心中の道行《みちゆき》の文章などはなかなかの名文で、筆者がこの事件にあきらかに酔っていることがわかるが、筆をおくにあたって筆者はハッとして自分が庄屋であることをおもいだし、にわかに居ずまいをただしたということであるかもしれない。ともかく、この時代の日本の庶民というのは、後世のわれわれが考えているよりも、いくらか程度が高いようにおもわれる。

策士と暗号

日露戦争前のロシア宮廷に、ベゾブラゾフという怪人物がいて、ニコライ二世の非常な信任をえていた。

「陛下、極東は陛下のものでございます」

といった調子のことばを、虚栄心のつよい皇帝にふきこんで満州侵略をはじめさせた張本人のひとりである。

「陛下、朝鮮をも併呑《へいどん》すべきでございましょう。朝鮮を得ることによって大ロシアはアジアにおいて不凍港をふんだんにもつことができるのでございます。日本の抗議などは、歯牙《しが》にもかける必要はございますまい」

ベゾブラゾフの経歴は、退役騎兵大尉というにすぎない。が、戦前の日本でいえば右翼壮士の親玉で、早くから満州朝鮮に目をつけ、この天地をたねに際限のない空想をしていたならずものであった。

「私にはさっぱりわからない。どうしてまあこんな大仕事があのサーシャ（ベゾブラゾフ）にできたのだろう。あの半気違いのような人間を、どうして世間のみんながわからないのだろう」

と、のちにあきれていったのは、かれの妻であった（ウィッテ回想記）。妻の目からみれば仕様のないホラ吹きでも、世間からみれば魅力に富んだ大経綸家としてうつる場合がある。

当時のロシアは、昭和初年代の日本ときわめて似かよっている。陸軍を中心に黒百人組などと称する侵略主義の極右分子がはばをきかせていたし、そのほかにウォンリャルスキー・マチュニンとか騎兵大尉サーニンとかいう景気のいい右翼がいたが、ベゾブラゾフはそういう仲間とは格段のちがいで教養がありげだったし、身ごなしが典雅でしかも詐欺師（国家的規模の詐欺師）特有の人間的魅力をもち、かれのその弁才とその魅力をもってしてもなおとりこにならない人間があるとすればよほどの冷血漢であるとされていた。

かれは皇帝に接近するために、皇帝に影響力をもつミカイロウィッチ大公やヴォロツォイ伯爵にとり入り、その弁舌をもって虹のような極東侵略の構想を説くと、この二人の貴族はすっかり魅惑され、

「ベゾブラゾフほどの愛国者はいない」

と、宮廷人という宮廷人に宣伝してまわってくれた。ついには皇帝と皇后にこの山

師を謁見《えっけん》させた。

ベゾブラゾフが皇帝と皇后に説いたのは、ロシアを世界帝国にするにはわけはない、という大構想である。かれは満州と朝鮮がいかに宝庫であるかを説き、ここをにぎり、しかるのちにシナ大陸に臨めば、ロシアは欧亜にまたがる史上空前の帝国たりうるのでございます、と説いた。ニコライ二世は常人程度の能力者でありながら、できればロシア史上の大皇帝になりたいという、こどもじみた虚栄心のもちぬしであったから、この男の弁舌にすっかり昂奮してしまい、

「そのほう、侍従にならないか」

と、即座にきめた。皇后アレクサンドラも皇帝の人事の妙に声をあげて感嘆した。当時のロシアは、ヨーロッパでも奇蹟的な存在として中世の専制君主制をのこしていた国であったから、皇帝の意思でなにごとでもできた。

「しかし、朝鮮をとると、日本とのあいだに紛争がおこるのではないか」

皇帝は、極東の僻地における日本との戦争が、勝敗いずれにせよ、ロシアの得にはならないことぐらいは知っている。

「そこは、やりかた一つでございます」

ベゾブラゾフの案は、軍隊をもって朝鮮を征服すれば日本との衝突がおこる、そう

ではなく朝鮮において各種の産業をおこし、しだいにロシアの実力を植えつけてゆけば、日本は朝鮮から手をひかざるをえないでありましょう、というのである。

「その事業費は、どれほどかかるか」

「さしあたって二百万ルーブルもございますれば」

ということで、皇帝は宮廷費からそれだけの金を出し、ベゾブラゾフにわたした。

ベゾブラゾフはその金を資本金として「東亜工業会社」というものを極東につくった。要するにロシア皇帝をもって大株主とする会社である。かれはさっそくこの国策会社の最初の事業として鴨緑江《おうりょっこう》の竜巌浦に根拠地をおき、満朝国境付近の森林事業を経営しはじめた。

が、これだけでは十分ではない。ベゾブラゾフはかれの大冒険を遂げるには、現地において国権を自由自在につかわねばならぬという必要から、もう一つの構想を皇帝にむかってきりだした。

「ぜひ、極東総督という強大な権力者を極東に常駐させていただきたい」

このころロシアは、清国を瞞着《まんちゃく》して満州に大軍を居すわらせており、遼東半島をわがものにし、大連・旅順をその経営の根拠地としてロシア化しつつある。それに一歩すすめて極東を支配する帝権の代行者を置け、とベゾブラゾフはいうのである。その総督たる者は、バイカル湖以東の広大な地域の行政をつかさどるだけでなく、極東における陸海軍の指揮権をにぎり、さらに清国、朝鮮、日本という極東三国に対する外交の専断権をもつという、一吏僚がもつ権能とすれば考えられぬほどの大きなそれを総督に付与せよ、というのである。ベゾブラゾフにすればこの大権能のもちぬしと結託してかれの大陸浪人的空想を実現させようとした。

「よかろう」

と、皇帝は承知した。それまでシベリアとアジアの権益については大蔵大臣が所管し、ついでに日本や朝鮮、中国に対する外交折衝も大蔵省のやるべきしごとになっていた。ロシアの外務省は主としてヨーロッパ諸国に対する外交を主管する。ところで、皇帝は、大蔵大臣にも外務大臣にも相談することなく、この点についても専制権を執し、ベゾブラゾフと仲のよいアレクセーエフという海軍大将の軍籍をもつ男を極東総督に任命した。

「極東総督という職名は、おだやかでない」

と、日本の外務省は栗野駐露公使をしてロシア外務省に抗議させた。極東総督といえば日本をも植民地として管轄するようなにおいがあり、たとえそうでないにしても、ロシアの領土でもない満州に居すわったうえになおかつ「極東総督」をおくというのは国際的慣習からみてもきわめて異例である、というのが抗議内容であったが、むろん無視された。「ロシアの官制がそのようにかわったのである」といわれてしまえば内政上の問題であり、それ以上のことはいえない。

このアレクセーエフ総督は、右翼策士におどらされるだけに人柄の大きな、しかし頭の粗大な坊ちゃんあがりの人物で、その点、日本の太平洋戦争時代に「南方総督」だったかなにかになった寺内元帥というひとと職務内容も人物もじつによく似ている。似たような歴史的条件下には、似たような人物があらわれるのかもしれない。

寺内元帥は明治貴族の出身だが、ロシアにおけるアレクセーエフもむろん皇族の出である。

かれが海軍大将にまでなったというのには、一つばなしがある。かれとよく似た名の皇族に、アレクセイ・アレクサンドロヴィッチ大公という人物がいて、その皇族が若いころロシア的乱酔癖があり、さらに女のことで問題をおこしたため、父君アレクサンドル二世帝が、この息子をたたきなおすために当時、世界一周の航海にのぼろうとしていた練習艦隊に乗り組ませた。たまたま似た名のアレクセーエフも青年士官としてこの艦隊に勤務していた。

ところで艦隊がフランスのマルセイユ港に碇泊していたとき、上陸したアレクセイ大公が飲み仲間をひきつれて花柳街で乱酔狼藉したため、警察署から大公あてよびだしがかかった。このときアレクセーエフが身がわりになって出頭し、

「昨夜の酔っぱらいは自分です。私の姓は大公のお名とよく似ている。このため大公

に容疑がかかったのは残念です」

と、いった。この事件は、この場はかるい罰金ですんだが、アレクセーエフにとって生涯の幸運をもたらした。その後アレクセイ大公が海軍総司令官の職につき、海軍の人事権の一部をにぎったとき、アレクセーエフは異数の出世をし、ついにかれが極東総督にえらばれるときも、この大公の口ぞえが大きな効果を発揮した（アレクセーエフとアレクセイ大公との名はロシア人にとってもまぎれやすいらしく、スターリン賞をもらったステパーノフの「旅順口」でも、アレクセーエフ総督を皇帝のいとこだとしてあきらかにアレクセイ大公と混同している）。

日露開戦前、石光真清《まきよ》の「曠野《こうや》の花」（竜星閣）をよむと、このアレクセーエフ総督が出てくる。石光真清は日本陸軍の正規将校で、満州にわたり、軍事探偵としてハルビンその他で写真館を経営して在満ロシア軍の実情をさぐったひとだが、とくに旅順要塞やその軍港のことがさぐりにくく、このため「大して要りもしない広大な土地を大連市外の星ケ浦に買い求めたり、旅順で雑貨屋や写真屋などの開業準備にかかってみたりした」（曠野の花）が、この写真館をやっていたある日、

「アレクセーエフ極東太守（総督）が写真を撮りに見えるそうです」

と、仲間がしらせた。

写真をとりにきたアレクセーエフは、海軍大将の正装に「あるだけの勲章を胸間に

飾り立てて長い立派な顎鬚《あごひげ》を左右にふり分け、堂々たる態度で副官を帯同し、辺りを払う長身を私のスタジオに現わした」

「有難う日本人、部下が日頃から世話になっているそうだ」

といって、石光真清に握手をしたという。さらにアレクセーエフは、「近く艦隊の演習をやるが、日本の方々には特に沢山お出でを願って、わが海軍の威容を見て戴き度い」とのべて去ったという。石光真清はあとでスタジオのすみに腰をかけたまま「えらいやつだ……」と嘆息したということを、その回想録である「曠野の花」に書き、かれがそのとき撮った総督の写真までこの本に出ている。その悠揚たる風姿は西郷隆盛のようであり、その美髯《びぜん》は板垣退助に似ているが、要するにこの総督と策士ベゾブラゾフが日露戦争の主要な下手人になった。ただロシア帝国の巨大さは、この下手人である両人でさえ、日本がまさかロシアに飛びかかってくるとはほとんどおもいもしていなかったことである。大国には小国の心理が、ほとんどわからないのではないか。

策士ベゾブラゾフは、満州と露都ペテルスブルグのあいだを往復している。

露都駐在の栗野公使は、この時期のロシアにおいては外務大臣に会うよりも、極東侵略の実際上のすすめ手である策士ベゾブラゾフに会うほうが、外交上の収穫がより直接的であった。ついでながらこのころ日本政府は、対露戦には軍事的にも財政的にも自信がなく、新聞ジャーナリズムだけが好戦的であった。政府は栗野に対し、できるだけ外交手段をもって両国の緊張を緩和し、戦争を回避するようにとの使命を負わせていた。日米戦争の直前における野村大使にこの栗野はあたるであろう。従って栗野がベゾブラゾフに会う目的は、つねに抗議と懇願であった。なにとぞ日本の立場も考えて朝鮮への圧迫をお手やわらかにねがいたい、ということであった。

「ある日、注意人物たるベゾブラゾフが露都にきたので、私はかれと幾たびも面会した」

と、栗野はいう。その追憶談がのこっている。ベゾブラゾフは長身の美男子で、フランス的教養と社交感覚を身につけていて、その強烈な冒険的性格をその糠衣でやわらかくつつんでいる。これに対し、栗野は権謀型の外交家ではなく、「結局は外交は誠実である」ということばを文字どおりに信じている人物で、このためロシア皇帝やその外務省、または大蔵省のうけもわるくない。

栗野の懇望は、要するに、

「朝鮮にさわってもらってはこまる」

ということである。この時代は帝国主義の時で、弱き帝国主義である日本は、さしあたり手近の朝鮮をもって帝国主義の手習いをはじめていた。そこへ北方の大鷲《おおわし》が飛来してきて、満州を清国から強引につかみとろうとしているばかりか、さらに羽ばたいて朝鮮までさらってゆこうとしている。「日本はロシアの満州侵略には賛成ではないが、しかしそれでもロシアが朝鮮には手をふれないというなら、貴国に対して友好的でありうる」という小帝国の弱々しい悲鳴を、栗野はベゾブラゾフにわからせようとした。ベゾブラゾフは古代中国の戦国策士といったような男で、大いに飲み、大いに談じ、栗野ですらこの怪漢に魅《ひ》き入れられそうになった。ベゾブラゾフは不意に、

「それはそうと、栗野さん、ちかごろ私の名が変わりましたな」

と、栗野の小さな顔をのぞきこんだ。栗野ははじめなんのことだかわからなかったが、ふとあることに気づき、顔から血の気がひいてゆくのが自分でもわかった。栗野はその顔色に気づかれまいとしてあわてて厠《かわや》に立ってみたりしたが、気持がどうしてもはずまない。ついに辞した。ベゾブラゾフはその妻とともに玄関まで見送った。かれの妻は病身でここ数年ジュネーブで保養していたが、ちかごろ露都にもどった。栗野のみるところ露都でこれほどの美人をみたことがない。ベゾブラゾフは皇帝の心をひきつけたように、若いころはこの美貌の妻を得るためにその才能と精神をかたむけたのであろう。

ところで、名前のことである、栗野がおもいあたったのは、栗野と東京の本省とのあいだで往復している暗号通信にしばしばベゾブラゾフという名が出る。むろん暗号

で出る。その名前の出る頻度《ひんど》がちかごろ高くなったので、暗号名を変えた。「私の名前がかわりましたな」とベゾブラゾフがどすをきかせたのはそのことではあるまいか。とすれば、日本の暗号はことごとくロシア側にツツヌケであるということになり、これでは外交政略もなにもあったものではない。

これが、明治三十六年の暮ごろのはなしである。年があけて、日本政府は開戦を決意した。二月になった。その四日の夜、ペテルスブルグの栗野は東京から重要な電報をうけとった。

――政府は、ロシアと国交断絶することを決定した。

という内容のもので、栗野は暖炉《ペーチカ》のそばで昂奮でふるえながらそれを読んだ。むろん、電文は暗号である。電文はさらにつづいている、「ただしこのことは六日にロシア政府に通告せよ」という。要するに、二日間、栗野は知らぬ顔でいなければならない。

ところがその翌五日の夜は、帝室劇場で皇帝《ツアーリ》の観劇会がある。栗野もそれに招待されている。当夜、栗野は礼装して出席した。皇帝の御座所にあいさつにゆくと、いつもならごく形式的に答礼するだけの皇帝が、この夜にかぎってひどくくだけた態度で機嫌がよく、フランス語でなにかと話しかけてくる。

（妙だな）

と、栗野はおもった。なにやら皇帝は、日本政府と栗野が懸命に秘密にしている断交のことを知っているような様子なのである。しかし、まさかとおもった。

ところが、である。フランス大使が、にこやかに栗野のそばに近づいてきて、

「いよいよ終りですな」

と、ささやいた。栗野は内心とびあがるほどおどろいた。フランス大使まで日本の大秘密を知っている！ それも平然と知っている！ 当時、ロシアはフランスと攻守同盟をむすんでいて外交上の連絡が緊密であった。察するに日本の暗号書をロシア政府がすでに手を入れており、それをせっせと解読してはフランス大使にしらせていたのであろう。要するに日本は暗号をぬすまれており、それを知らなかったのは日本人だけであった。日本政府の対露戦略は断交とほぼ同時に旅順を奇襲し、旅順艦隊をして足腰の立たぬようにしてしまうところにあった（その点でも、真珠湾奇襲をもって対米開戦した太平洋戦争のばあいと酷似している。一国の戦略はその国がもっている絶対的条件からわり出されてくる以上、型がきまるのであろう）。さらには太平洋戦争のばあい、ルーズベルトは真珠湾攻撃をあらかじめ知っていたというから、日本の暗号はある程度解読できていたのかもしれない。とすれば、日露戦争開戦前夜の状況といよいよ似てくる。

ウィッテ伯爵は対日戦争の反対論者であり、そのために開戦前ベゾブラゾフの宮廷

工作によって大蔵大臣の位置を追われた人だが、そのウィッテがのちに栗野に語ったといわれる。

「日本の暗号なるものは、日本人だけがそれを暗号だとおもっているだけで、他国にとってはたれでも読める平文なみのものである」

要するに、盗まれていたのである。奇襲という、いかにも小国らしい戦法を好む点で旧日本帝国は帝国主義の先取国からきらわれていたが、しかし大いに人がわるいつもりでも結局は底のほうでごっそり釜が抜けているというところも、日本人らしくておもしろい。

ひとりね

河内《かわち》と大和のさかいを生駒《いこま》山系がながながとへだてていて、この山中に仙人が住んでいる。……

そう書いたのは元禄十六年（一七〇三）うまれの柳沢権太夫という名前の、大和郡《こおり》山柳沢家の家中でも殿様の姓をもらうほどのたいそうもない身分の武士だが、生駒の仙人については大正十二年うまれの筆者も少年のころ七度ばかりこの山にのぼり、山中の「銀明水」という泉のそばで庵《いおり》をむすんでいる仙人らしい老人をみたことがある。

「銀明水の仙人」

といえば、あのころ生駒山へのハイキングがはやったから、知っているひとが多いはずである。林間に住み、白髪にチョンマゲを結って講釈本にある塚原卜伝《ぼくでん》のような服装をしていた。なんのつもりでそんなまねをしていたのか、当時も質問してみたこともないし、いまも知らない。

ひょっとすると、生駒の銀明水のほとりには仙人めかしい人物が住む伝統があるのかもしれず、柳沢権太夫も若いころこの仙人に会っているのである。権太夫には、「ひとりね」といういかにも元禄人らしい艶冶《えんや》な随筆集の著作がある。その「ひとりね」に書かれている。その原文の一部を拝借すると、

「過ぎしころ、生駒山に詣でて森の下蔭しげる木の葉かきわけて谷深う山みどりに、いと心澄めるをりふし、ひとりの老翁に逢ひしが、行歩飛ぶが如く、顔色桃の花のごとし（仙人の容貌はつねにこうである）」

そこで仙人にむかい、柳沢権太夫がすすみ出て、

「そなたはいかなる人にて、かように健《すく》やかにおわす。さだめし仙人の落し子というほどでもありますまいが、おおかた孫ぐらいにはあたられるのではありますまいか」

ときくと、老人は得意げに笑って、

「なるほどお目利《めき》きかな〳〵（原文どおり）」

とうれしがるのは、多少俗っぽい部類の仙人かもしれない。

「いかにもおおせのとおり私は地打《じう》ちの仙人である。下《くだ》りもののような粗末な仙人ではない」

地打ちというのはその土地の特産ということでまじりけのない物品のこと。下りものというのはすこし説明が要る。京の呉服など工芸品などで、「地打ち」のものは上

等だが、江戸など地方へ流すものは田舎むきの粗末なものという通念になっている。

これが、のちさらに関東風のないが付いて、クダラナイということばになってゆく。

柳沢権太夫はさらに、不老不死の仙薬というものの処方を一つおしえてもらいたい、というと、仙人は、

「かまえて口外なさるな」

といって、その秘法を伝授した。

「島原女郎の立ち糞五十匁《め》、それを吉原の太夫《たゆう》の尿《ゆばり》同量にてたんねんに練りあげなされ」

という。権太夫はあほくさくおもい、

――これはむさき仙薬ぞ。

とへきえきしてみせると、仙人は大まじめな顔で、

「たとえそれで仙薬は得ずとも、思い入りたる女郎のゆばりを飲むことができればしあわせではあるまいか」

と、浮世に未練そうな口ぶりでいった。権太夫はこの仙人のいうことが女極道の極致だとおもい、

――憎からぬこころざしにや。

と、結んでいる。

「ひとりね」の筆者は、二十一歳の上方《かみがた》武士である。大和郡山の柳沢家十五万一千石の家来であることはすでに触れた。身分は準家老ともいうべき大寄合《おおよりあい》で、二千五百石という大身である。殿様は、赤穂《あこう》浪士事件の当時の有名な柳沢吉保《よしやす》はすでに亡《な》く、その子吉里《よしさと》の代であった。柳沢家といえば元禄的気分の大名としての象徴とでもいうべき存在であろう。しかもその家臣団は、上方の侍である。柳沢権太夫のような大通人《だいつうじん》が出てきてもおかしくはない。

かれの名乗りは里恭《さととも》という。号は淇園《きえん》といい、大日本人名辞典（明治十八年刊）などではこの柳沢淇園で出ている。しかしシナ風に柳里恭《りゅうりきょう》と称した筆名のほうが、美術史上などでは有名かもしれない。以下、かれのことを柳里恭という。

柳里恭はたいそうな剣客で、上方あたりではかれが剣を持つと一合でも打ちこめる者がまれであったという。馬術にも長じ、弓にもたくみで、詩文から和歌俳諧、ほかに琴うたや端唄《はうた》、三味線のたぐいまで上手で、さらに本草《ほんぞう》（薬用博物学）から天文、それに仏教学にまで通じており、かれのレパートリーのうち、一派の堂々たる師匠がつとまるものだけで、十六種あった。

なかでも、その絵画はこんにちにいたるまで美術史上の価値がおとろえてない。

「明人銭舜挙の筆意あり」

といわれたもので、とくにカラーリストとして独自の境地をもち、単に色彩にすぐれていただけでなく、科学的才能をもっていたかれは、洗っても変色しないような工夫を絵具にくわえていた。

一流の才能を十六種ももっているというような天才はときに西洋には出るが、日本では平賀源内よりもむしろこの柳里恭を第一にあげるべきであろう。ちかごろ、杉浦明平氏訳の「レオナルド・ダ・ヴィンチの手記」（岩波文庫）を読んで、日本でダ・ヴィンチに匹敵する人物はこの柳里恭かもしれないとおもうようになった。なにしろ柳里恭は、当時の教養人としては普通まったく無縁なはずの仏教学に造詣がふかく、とくに奈良仏教の基本教義である倶舎《くしゃ》論にあかるくて、東大寺や薬師寺あたりの学僧がかれに講義をせがんだほどであった。

その一面、元禄風流の申し子ともいうべき大遊蕩児である。この点は、ダ・ヴィンチよりもゆとりとおもしろみがあるかもしれない。

「地女《じおんな》」

とかれがいっているのは、素人女のことである。かれは女としての磨きがかかっていないということで、地女を軽蔑しきっていた。

その「ひとりね」によれば、

「地女は床いそぎするからいやだ。女郎さま（と敬称をつけ）にはちゃんと手管《てくだ》があ
る」

という。以下、同書より、直訳体になおして引用する。元禄うまれの二十一歳の通人の思想の一端を窺《うかが》うためである。

「地女は熱の物である。女郎さまは平《ひら》の物である。よく五臓を養う」

「床に入っていかなるたわむれ沙汰になっても、女郎さまと地女とは雪と墨ほどにちがう。まず地女は湿熱深く（どういう意味か）、その匂いいやらしく、生え際より起《ただ》りて内またの外《そと》にはびこり、かたち蕣然（筆写のときの誤りか）として肺経を爛らかし、鼻を損ずる」

と、憎悪すらこめている。これからみると、江戸期の文化もこの時代は「地女」をうつくしくするところまで爛熟していなかったに相違なく、存外、歴史の内臓のにおいというのはこういう随筆においてこそ嗅《か》ぎうる。柳里恭はこの反面、女郎を激賞し、「そこへゆくと女郎さまは音も香もなしという上天の人である。その匂いは緋縮緬《ひぢりめん》の下ひもの本に（本当に？）ありがたく、松柏の上に舞い、蘭《らん》の園のうすうす（原文のまま）としたる所をめぐる」

さらに地女のわるくち。

「地女のなかでも後家を好くひとがあるが、これはつまらない人である。かれらが後

家を好くのは後家は床を専一にするということで気に入っているのだが、床を専一にすることはいやしいことである。すべてかか（嬶）女郎ともに声高きほどうれしがるのは、これもいやしい。女郎などで、本当にその客を可愛ゆしと思っているばあいは、床も一入《ひとしお》慎む。声高だからといって、客を可愛ゆしとおもっているわけではない」

「女郎の品はあどけなさを第一等とすべし。女郎の智恵すぎたるはいやなり」

「館者《やかたもの》」というのは武士という意味で、この当時ふつうに使われていたらしい。大名屋敷に仕えるからそうよばれたのであろう。色町のことばでは浅黄裏《あさぎうら》ともいう。色町ではこの連中を野暮としてきらった。

柳里恭は、大和郡山藩の大身の「館者」である。しかし自分の階級をこきおろしている。

「館者と町人者とは、遊びのちがいあること天と地である。女郎さまが惚れる相手はすべて町人者で、館者はむしろきらわれる。その理由は、お屋敷に門限があってゆるゆる遊ぶことができない。かれらは四ッ（午後十時）ごろにきて、七ッ（午前四時）ごろには帰らねばならないから、心がせわしく、夜あし女郎を寝かせないのである。そのうえしつこく声をあげ、揚屋《あげや》の男衆に、イマハ何時《なんどき》ジャ〳〵と時間ばかりをきく。

どうもやることなすことがむくつけである」

桐屋という楼に、小静《こしずか》という女郎がいた。そのもみあげがあまりに美しいので、ある館者が小静に問うて、

「こなた（おまえ）はどうしてそのようにもみあげが美しい」

といった。問うても答えようもないことで館者らしい野暮なのだが、これに対し、
小静はすこし笑って、

「町人衆に聞かんせ」

といった。町人に粋の道の権威が多いからであろう。

柳里恭はこの小静のこの挿話をきいて感心し、「千載独歩のあたらしき答え」と評を入れている。しかしながらこの筆者の柳里恭の齢が二十一であることを、かえすがえす驚かざるをえない。

ともあれ、わが柳里恭は稀代の秀才ではあった。しかしかれの小気味よさは自分の学問を誇るところなどすこしもなかったことで、これにつき以下、「ひとりね」の一節。

「清村三先生（どういう人物か、不詳。儒者らしい）が、自分の学問を二十両に売れるなら売りはらってもいい、と申されたが、自分も同感である。学問も文才も、それをきわめてみればみな無駄なことである。文字をよく書き、伽羅《きやら》や十種香《じっしゅこう》に通じてい

るといってもこれまたむだである。論語に、朋《とも》アリ遠方ヨリ来《きた》ル、マタタノシカラズヤ、と聖人はおっしゃったが、その友が昔の色友だちならばそのうれしさはいっそう格別であろう、といったのは長崎の道栄（画家で儒者）であり、この道栄のことば、まことにうれしい。考えてみれば、人間などは学問をするためにうまれてきたのではあるまい。ととさまとかかさまとがおもしろがってうまれたのが拙者であり、拙者たるもの、色に離れることができぬのは当然である」

と、言い、

「余、十三の時に唐学（漢学）をまなび、いま二十一の暮までに覚えし学問、惚れし太夫の下帯（腰巻）ととりかえたし」

と、いう。壮絶というべきではないか。

柳里恭は、大和郡山城下の濠《ほり》のそばの大きな屋敷に住んでいる。

客が好きで、町人であろうが何であろうが気に入った客がくると門をとざし、何日経っても辞去することをゆるさなかった。乞食までひき入れて大いに談じ、酒食を供した。京の画家池大雅《いけのたいが》とは親友で、あるとき大雅が吉野の花をみるために郡山へやってきて旅費を借りようとした。

「金などいかほどでも貸すが、そのかわりせめて三日でも当家へ泊まっておくれ」

とひきとめ、三日をすぎても放さず、ついに十日になり、大雅がついに悲鳴をあげ

た。吉野の花の季節がすぎようとしていた。柳里恭はそれでもきかず、

「花など、来年でも咲くではないか」

といったという。

いまは昭和元禄というそうだが、泰平という史上きわめて有りにくい世の中を享受するには、柳里恭ほどの才能と器宇と精神が必要なのであろう。柳里恭の書はこの当時の名筆にかぞえられたが、書風はじつに清潔で、一点の俗気もなかった。日本史上の人間の傑作のひとりかもしれない。

有馬藤太のこと

薩摩藩の有馬藤太というのは、幕末から戊辰《ぼしん》戦争にかけての名物男で、

「ツダドンの抜き打ち」

といえば、中村半次郎（桐野利秋）のそれとならべられたものらしい。ツダドンというのは藤太どんの薩摩なまりである。

ツダドンが幕末の京でかけまわっていたころ、ある日、四条畷《なわて》を一人であるいているとむこうから会津の侍が二人きた。当時、会津と薩摩は犬猿の仲だった。

会津侍は、ツダドンの薩摩風の月代《さかやき》をみて最初からやるつもりだったらしく、ぱっと両側にわかれ、どんどんやってくる。

「私は武事はどうもにが手で」

と、後年純雄《すみお》とあらためてからのツダドンはたえずいっていたし、薩摩の仲間たちにも、

――ツダドンは議論にはつよいが、けんかとみれば逃げる。

と、いわれていた。このときも、

（逃げてやろう）

とおもっていそがしく左右をみたが、あいにくそのあたりには横丁がなかった。じりじり後退した。後退しつつ、敵の様子をみると、自分より腕は下らしい。ただ、相手は二人である。

（なんとか一人を斬《き》れば）

とおもい、十間ばかりさがってからこの男の得意芸をやった。薩摩の兵児《へこ》がよくやる「下駄礫《つぶて》」というもので、はいている下駄をそのまま相手にむかって飛ばすのである。かれはそれをやった。下駄が飛んで、一人の顔にあたろうとした。相手があやうく避けたとき、下駄と同時にツダドンの体までが飛んでくるのをどうしようもなかった。ツダドンの抜き打ちが殺到して、不幸な会津侍は左肩からみぞおちまで斬りさげられ、地ひびき立ててころがった。ころがったときは、死骸《しがい》だった。他の会津侍はあわてて逃げてしまった。

有馬藤太の「藤太」は、この家の代々の世襲名である。父は藩の砲術師範であった。藤太ははじめこの藩の者ならたれでもやる示現《じげん》流をまなび、そのあとかれ自身の好みで「飛太刀《ひだち》流」という古い流儀を同藩の小野強右衛門《ごうえもん》にまなんで十九歳でその師範代になった。

藩での職務は、はじめ御細工所の下目付という、いわば守衛のような役目だった。二十二、三のころ藩の御用で大島に出張したとき、その島の赤木名《あかぎみよう》に流罪になっている西郷吉之助という藩の内外で高名な政治犯人をはじめて見た。隆盛のことである。隆盛は赤木名からときどき名瀬《なぜ》港まで出てくる。ツダドンは、名瀬で出遭《であ》った。みるからに雄偉《ゆうい》な人物であったため、かれはすっかり傾倒してしまった。

その後ツダドンはお徒《かち》小姓として京都詰めになり、さらに国もとにもどり、演武館御用になり、のちお徒目付に出世した。さらに横目にのぼった。いずれも藩内の司法畑である。

西郷という人は、桐野やかれのような、薩摩でいうボッケモン（木強漢）がすきであったようで、ひどく可愛がった。維新前後のツダドンの活躍は、多くは西郷のひきたてによるものであった。

幕末の情勢が煮つまって、慶応三年になった。ツダドンはとし三十一歳で、当時国詰めであった。

十一月の何日であったか、ツダドンはこの日非番でお城下の屋敷で先々月にうまれたばかりの子供をあやしていると、外洋船の発着する前ノ浜の方向にあたって銃声がきこえた。この藩の慣習として、船がつくと船上から合図の銃声を鳴らすのである。

これが、のちの鳥羽伏見の戦いの準備のために京都からやってきた同藩の黒田清綱の船だった。黒田は、使いを出してツダドンをよびにやった。ツダドンが海岸にある蒸気船問屋の田代方まで駈けつけると、黒田は一室で待っていた。

「ツダドン、ついに物に成ったど」

というのが、黒田の第一声であった。物に成ったとは薩摩藩の過激派がかねがね待ちのぞんでいた討幕の機会が到来したということである。

――すぐ郷士部隊を一大隊ほど組織してくれ。

というのが、黒田の用件だった。

「それには大脇弥五左衛門、種田左門、山之内一郎らをよんで、相談してくれ。くりかえしていうがお城下の士は出すわけにいかん」

城下の士は藩の在来の命令系統でなければうごかせない。が、この藩で外城《とじょう》とよんでいる郷士なら召集方法が安直にゆくということであろう。大脇、種田、山之内というのは、みな黒田やツダドンの同志である。かれらが隊長になって出陣することになる。このあたり、なにやらこの藩には戦国のにおいが残っている。

「俺《おい》はこれから御殿（お城）へのぼる。御殿ではひまどるじゃろ。ソイドン（だから）、汝《わい》どんがぜんぶ兵隊のことはきめちょってくれ。くりかえしていうが、兵は汝《わい》どんの見込みの者を召集してかまわん」

これが、薩軍大挙上洛《じょうらく》の真相の一端である。むかし、関ケ原合戦の直前、上方の変報をきいた薩摩人たちの様子もこうであったろう。あのころ、城下から村々へ伝令のような者が声を張りあげて伝えてまわった。それを野良できいた郷士どもが、スキやクワをその場にすて、具足と槍をかついで駈けだし、それらが三々五々と山陽道を駈けのぼって大坂について数百人の人数になったというが、戊辰戦争の直前もそれである。

ツダドンはすぐ黒田の屋敷へゆき、そこを軍隊編制の臨時事務所にした。そこで他の同志と相談し、こう決めた。

「都城《みやこのじょう》、阿久根、出水《いずみ》、加世田、高岡の各地区から各一小隊ずつあつめる。さらに他の地区から二小隊をあつめ、一大隊とする」

が、大将が要《い》る。

大将は、島津の御一門からえらばねばならない。みなで人選した。

「平佐どのがよいか、北郷《ほんごう》どのがよいか、諏訪どのはどうであろう、それよりも島津主殿《とのも》どのはどうか」

などと協議した。島津主殿が適材だとみなおもったが、あいにくこの主殿という人は国学ずきで藩の寺社奉行をしていたとき「寺はいかん、みな神社にしろ」といって廃仏論という過激思想をとなえたために御役御免になり、小林という在所に蟄居《ちっきょ》させられている。

「あのお方はお気の毒じゃ。ここでひとつ大将になってもらうことでお引立《ひきたて》しよう」

ということになった。下の者が上の者をおひきたてするというなど、いかにも変革期で、この点は関ケ原時代とはちがっている。

ところで、士官である。士官のことはこの当時この藩では「監軍」とよんだ。監軍にはツダドンらの同志がなった。あわせて十六人である。ついでながらこの十六人のうち、三人が戦死している。毛利強兵衛《きょうべえ》は鳥羽で戦死、中村源助は大坂の北のほうの三島郡で戦死、樺山《かばやま》十兵衛は東北で戦死した。一方、ツダドンはのちに東山道《とうさんどう》総督副参謀になって各地に転戦し、関東で戦っているとき、流山《ながれやま》で近藤勇を捕縛したことで名を知られた。

近藤勇捕縛の様子を、この有馬藤太の晩年の談話速記からみると、以下のようになる。

この一件は江戸開城（慶応四年・明治元年四月十一日）のあとでおこる。ついでながら江戸開城後、なおも旧幕軍は関東各地で抗戦していたので、

「それを強行偵察せよ」

という大総督府の命令がツダドンにくだった。戦闘でなく、偵察であった。偵察に

ついては、

——彦根藩の兵隊を引率してゆけ。

ということになった。彦根藩兵は時勢の変化で官軍になっていたが、有馬藤太の追想では「全体、この兵隊は不規律でこまった。薩長土因などにくらべるとまるでお話にならなかった」というが、彦根兵としても薩長の下働きをしていることで、多分にデカダンになっていたのだろう。

ツダドンが彦根兵をひきいて板橋の本営を出発し、千住の宿場についたとき、

——近藤勇が出没している。

といううわさをきいて、「総身に血がわきかえるのをおぼえた」とかれはいっているから、近藤出没のうわさはすでに官軍のあいだにあったものらしい。近藤はそれより前、江戸であたらしく部隊を編制し、甲府へゆき、甲府の手前の勝沼で東山道鎮撫軍(板垣退助指揮)と戦ってやぶれたことは、官軍はよく知っている。うわさではその近藤の一隊が先日この千住を通過して流山にむかったというから、のちにわかった事実とよく符合している。

その千住の宿場へ、官軍の士官で香川敬三という男がやってきた。香川は幕末水戸を脱藩し、京に出て土佐の中岡慎太郎にひかれ、いまの京都大学の本部構内の北あたりにあった土佐陸援隊にいた人物である。明治後宮廷の高官になり、子爵かなんかも

らったりした。人望のない男で、どこへでも出しゃばってきらわれた男だが、その香川が、

「近藤はいま流山についたばかりで人数もごたごたしているにちがいない、今夜夜襲することだ」

と、ツダドンに命令口調でいった。香川は官軍の御旗扱いにすぎず、指揮権などはなかった。そこへかねてツダドンと親交のあった土佐の上田楠次《くすじ》（その後戦死）や南郷甕男《かめお》などが一隊の兵をひきいてきてぜひ近藤の営を夜襲せよ、といったが、ツダドンはどうも気乗りがしなかった。ツダドンには薩摩人に多い英雄崇拝《すうはい》があり、近藤に対して敵ながらも敬愛の心をもっていたらしい。が、香川はかれの恩人の中岡慎太郎が、坂本竜馬とともに非業《ひごう》に死んでおり、それをこのころは近藤のしわざと信じていた。上田楠次ら土佐系の連中もみなおなじで、近藤を討って坂本・中岡の仇《あだ》をとりたいとおもっていた。

「有馬のやつ、近藤がこわいのだろう」

と、きこえよがしにいう者もあった。それほどこの当時、近藤勇という名前は、反幕側の連中にとって戦慄《せんりつ》的な恐怖心をよびおこすに十分な名前だった。

ツダドンも、べつに怠っているわけではなかった。かれは近藤の流山の仮本営へむかって幾人もの斥候《せっこう》を出していたし、それにかれは香川らよりはるかにいくさ上手で、

夜襲は地形地理を十分知っておかねば失敗するということを知っていた。

「近藤々々とさわぐな、たかが剣客じゃないか」

と、香川らの強要を一蹴《いっしゅう》し、その翌日、流山を無視して粕壁《かすかべ》の宿場へ移動し、わざと兵をあそばせておいた。ツダドンにすれば流山の近藤に「官軍は気づいていない」と油断をさせるためであったが、作戦の機密は味方にも洩《も》らすべきでないとおもい、だまっていた。香川らは軍に同行しつつ、腹をたてていた。その翌日、

「あすは古河《こが》へ前進する」

と軍令を出し、また流山を無視した。ところが当日の夜が明けようとする午前四時、ツダドンは宿所ではねおきるなり、突如、

「流山へ。――」

と、軍令を変え、いそぎ隊伍をととのえ、流山をめざして急行軍を開始した。やがて流山につくと村そのものを包囲した。不意をつかれた近藤の仮本営からもさかんに射ちだし、双方射撃戦をはじめたが、ほどなく近藤のほうが射撃をやめた。見ると、田ンボのむこうから壮漢が二人やってくる。一人が白刃《はくじん》をくるくるまわしている。日本の古来の法として、軍使はそうすることになっていた。

最初に近藤だと知ったのは彦根兵で、近藤だ、射ち殺してしまえ、とばらばらと銃をかまえたのでツダドンは叱りつけ、全軍に射撃をやめさせた。

近藤がきた。

ツダドンは馬上にいる。

近藤は近づき、刀をおさめ、丁寧に礼をして、

「大久保大和」

と書いた名刺をさしだしたので、ツダドンは自分も礼を受けるべく下馬し、

「自分は東山道総督府副参謀有馬藤太と申す者であります」

と、できるだけ丁寧にいった。ツダドンはこの近藤の顔を、京の路上で数度見かけてよく知っていた。

が、近藤が「大久保大和」と名乗った以上知らぬ顔でいるほうが敵将への礼儀であるとおもい、そのことはだまっていた。

有馬藤太の速記による近藤のことばはいかにも神妙である。

「さきほど菊の御紋章を拝見して初めて官軍だとわかりました。存ぜぬこととは言いながら、官軍に対して発砲したと申すことはまことに申しわけない。いま慶喜公にお かれてもすでに謹慎帰順《きんしんきじゆん》を唱《とな》えておられるのに、真実申しようなき不敬でありました。私のほうはすでに射撃中止の命令を出しましたから、どうか攻撃を中止してください」

という言いぶんである。ツダドンはすぐ承知して攻撃中止を命令する一方、近藤を

本営にともなった。そこで近藤に対し、一応は軍法で糺《ただ》さねばなりませんから、ともかくも粕壁まで同行してくださらんか、というと近藤はすぐ承知した。ただし、と近藤はいった。

「兵隊の解散その他、あと始末をしなければなりませんので」それだけの時間がほしい、と申し出た。感激家のツダドンはもう、近藤のためなら出来るだけのことをしてやりたいとおもい、

――解散に必要な金がありますか。なければ当方で融通《ゆうずう》してもよろしいが。

と、いった。有馬藤太の回顧談では、

「私の考えでは、千両くらいもやって官軍の寛大さを示してやりたかった」

と、この間の気持を語っている。近藤はこの申し出をよろこんだが、「その点はかねて用意もしてありますので」と、ものやわらかくことわった。有馬藤太は、

その近藤の物腰、恰好をみるにじつに立派なもので、私は全く敬服してしまった。

と、回顧談で語っている。

近藤はいったん流山仮本営へひきとり、ほとんど四、五時間経ってから兵器類を送ってきた。砲三門、ミニエー銃二百挺《ちょう》である。しかしそのあと、日が傾きはじめても

近藤は来ない。だまされたのだ、と香川は、ツダドンの軽率を責めた。そのことで口《くち》喧嘩《げんか》になり、

「じゃ、貴公らは粕壁へひきあげろ。私はここで一人でもって近藤を待っている」

と、ツダドンが腹立ちまぎれにいうと、香川はそれをいいことに彦根兵をも語らい、この戦線をひきあげてしまった。ツダドンのあわれさは、かれの手もとに兵隊が十五人しか残らなかったことであった。結局この十五人で近藤を迎えた。

もっとも近藤が自分できたのではなく、ツダドンが十五人をつれて近藤の仮本営へ行った。「チトきびわるかった」と、このときの気持を正直に白状している。土間で待った。すでに暗かったため、菊の紋章入りの提灯《ちょうちん》に灯を入れた。

茶が出たが、毒かもしれぬとおもって飲まなかった。やがて近藤が、仙台平《せんだいひら》の袴《はかま》に紋服という立派な姿であらわれ、待たせたことをわびた。ここで近藤は京都以来の隊士らしい二人の小姓に形見（それぞれ書籍一冊ずつのほか、一人には短刀、一人にはピストル）をあたえ、くりかえし懇切な注意をあたえた。

それを土間でききながらツダドンは、

（いくさに負けるとはこんなものか）

と思い、近藤への同情と薩人特有の感傷が一時にこみあげてきて、涙がとめどなく流れた。近藤はこの官軍の将の涙をたしかに見たという。

有馬藤太は、近藤の処刑にはあくまでも反対した。敵将に対しては古来遇し方がある、というのである。しかし結局は罪人同様の打首になり、首は近藤が往年の活動舞台であった京へ送られ、梟首《きょうしゅ》された。

日本人の名前

維新前、人の名前にナノリというものがあった。広辞苑のその項をひくと、名告・名乗とあって、

「公家及び武家の男子が、元服後に通称以外に加えた実名。通称藤吉郎に対して秀吉と名乗る類」

とある。後藤又兵衛の名乗りは基次《もとつぐ》であり、大石内蔵助《くらのすけ》は良雄である。

「坂本直柔《なおなり》」

というとたれのことかわからないが、坂本竜馬の名乗り名である。名乗り名がいわば正式の名前なのだが、幕末になると手紙でも公文書のばあいでも通称のほうでとおすのが一般の風になっていたから、すでに名乗りは形式だけのもので、当人でもわすれているばあいがあったろう。

明治になって、一人の人間でいくつもの名前をもっているのは陋習《ろうしゅう》である。以後一人一称とせよ、という意味の太政官《だじょうかん》令が出てこんにちのようになった。

桂小五郎は、幕末のぎりぎりのころは木戸貫治といったり準一郎といったりしていた。かれが明治になってお上にとどけ出たときは、通称をやめて名乗りのほうの孝允《たかよし》を生かし、木戸孝允といった。そのほうがなにやら荘重な感じがしたからにちがいない。

「一蔵」

というのは大久保利通の通称で、仲間のたれもが一蔵々々とよんで、そのトシミチというようなたいそうもない名乗りをもっているとはしらなかった。利通は威厳のある容儀をこのんだ。そういう好みのあらわれであろう。

おなじ参議でも、佐賀出身の江藤新平は、

——自分は新平でいい。と、それを戸籍名としてとどけた。かれには胤雄《たねお》という名乗りがあって、維新後もときどき署名につかっているのだが、それを戸籍名にしなかったのは、多少の反骨をおもわせる。なぜなら、新平の名をとどけ出るとき、まわりの者に、

「中間《ちゆうげん》の名前のようで、位階のついた大官にふさわしくないではないか」

といった者があった。たとえば従《じゆ》四位シンペイではおかしく、やはり大名や公卿名のように、北条時政、徳川家康、池田光政、岩倉具視、西園寺公望《きんもち》のように名乗り名をもちいたほうがいかめしくていい、というのである。江藤はこれに対し、

「それじゃ新平《にいひら》とでもよんでくれ」

と吐きすてるようにしていったというから、この反逆児は元来、大久保流の荘重趣味には感覚的にもあわない人物だったのだろう。

おなじ参議でも、のち民権運動に関係してゆくような連中は、通称のままを戸籍名にした者が多い。土佐の板垣退助、後藤象二郎といったような連中である。

西郷隆盛の名前については、おもしろいはなしがある。

かれは通称ははじめ吉兵衛と言い、のち吉之助とあらためた。幕末、西郷吉之助でとおっていた。

ところで維新後、名前をとどけ出なくてはならなかったとき、なにかの用でかれは東京にいなかった。代理で届け出たのは、同藩出身の吉井友実《ともざね》である。吉井はそれまでは、幸輔《こうすけ》と称していた。西郷とは古い同志で、幕末つねに西郷の身辺にあり、友人ながらも秘書のような役目をしていた。歌人吉井勇の祖父にあたる。

「ハテ、西郷の名乗りはどうじゃったか」

と、かれほど西郷の日常に密着してきた人物でも、その名乗りまでは知らなかったらしい。ついでながら西郷家の系図をみると、代々隆の字がつく。名乗りの一字だけを世襲するのが、維新前のごく一般的な風習であった。

「たしか隆の字がつく」

と、たれかがいったらしい。吉井友実はあっとおもいだし、

「隆盛じゃった」

と、それで届け出た。

ところが、西郷隆盛というのは、西郷の父親の吉兵衛の名乗りで、吉井はそれを記憶していて、混同したらしい。当の西郷がもどってきて、吉井から事情をきき、礼をいったがあとで吉井に、

「おいは、隆永《たかなが》じゃど」

と、こぼしたという。日本史上の巨名になったこの人物の姓名は、吉井の届け出によって誕生したのだが、西郷がもしそのとき東京にいれば、西郷隆永か、もしくは西郷吉之助で登録したに相違ない。

西郷の弟は、西郷従道である。のちの元帥・海軍大将・侯爵だが、かれは幕府では通称の信吾でとおっていた。信吾は幕末ではイトコの大山弥助（巌）、中村半次郎らとともに、兄吉之助の手まわりにいて活動した。

かれも、姓名をとどけ出ねばならないが、この場合、係りの役人がやってきて、それが届を出してくれたらしい。その役人が、

——お名乗り名は、どう申されるのでございましょう。

とでもきいたのであろう。

「ジュウドウじゃ」

と、かれはこたえた。かれも西郷家の一員である以上、隆の字がつく、ほんとうは隆道《たかみち》であった。かれはそれを音でよんでリュウドウといったつもりが、薩摩なまりではリュウがジュウにきこえる。あわて者の役人が従道と書いてしまい、それを届け出た。

「なるほど、おいは従道か」

と、あとでかれは大笑いしたというから、この兄弟はそのユーモラスなふんいきで共通している。

大山巌は、西郷とはイトコ同士であるということはすでにのべた。生家も近所で、西郷が京で薩摩藩の藩外交をきりまわしていたころ、つねに身辺にいた。

「弥助どん」

とよばれた。戊辰戦争では薩摩の砲隊長として活躍し、のち四斤《しきん》山砲を改良したことがあり、この砲はかれの名をとって弥助砲とよばれた。

しかし明治後、弥助ではいやだったのであろうか。といって名乗りのほうもいやだったのか、まったくべつの「岩《いわお》」という名をとどけ出た。

「大山岩か」

と、ひとはわらったらしい。かれは少年のころからずっと西郷に親炙《しんしゃ》し、できれば西郷のような人柄でありたいとおもった。そういう思いが岩の字になったのかもしれないが、のち岩では落ちつかぬような気がして、巌という文字にあらため、改名届を出した。

名前のはなしをつづけよう。

徳川時代は、百姓町人は苗字（姓）を名乗ることはゆるされない。権兵衛、嘉助、太右衛門というだけである。江戸中期ごろから百姓町人の階級でも苗字を公称する者が出てきた。これは藩財政のたてなおし策の一つで、藩に莫大な献金をした者にそれをゆるすというものであった。

百姓町人階級でも、絵師になったり役者になったりすると、姓を私称する。喜多川歌麿、中村歌右衛門といったようなものだが、これはあくまでも私称で、奉行所へひっぱられたりしたときは、ただの弥次郎兵衛、喜多八になってしまう。松尾芭蕉は武士の出だから松尾姓は公然のものだが、井原西鶴の井原はお上のお目こぼしである。

明治三年になって、旧来の百姓町人階級（平民）も姓をつけよという太政官令が出た。西洋のまねだが、一面、封建の打破ということもある。が、大阪あたりでもめんどうがって、なかなか実行しなかったらしい。百姓町人階級でも隠し姓というものがあって、先祖は戦国期の武士だという家が多く、そういう家はそれを生かして届け出た。そういう言いつたえのない家は、懇意の士族の姓をもらったり、隣家とおなじ姓をつけたり、神主や住職につけてもらったりした。

「藤原」

という姓がむらがり出てきたのは明治後である。

日本の姓のモトの姓はいわゆる源平藤橘《げんぺいとうきつ》だが、このうちの藤原氏というのは藤原鎌足や藤原不比等《ふひと》、それに藤原道長《みちなが》といった遠い時代ならともかく、藤原公卿でさえ、呼称が近衛、鷹司《たかつかさ》、九条、二条というぐあいに通り姓になってしまって藤原を日常名乗らない。おそらく室町期ぐらいから公卿はもとより、武士階級で藤原姓を名乗る家はなかったようにおもわれる。もっとも豊臣期から徳川初期にかけて例外として牢人学者で藤原惺窩《せいか》というひとがいたが、これは氏《うじ》が藤原氏であるところからつけたいわばペンネームのようなものであった。藤原姓がやたらと出てきたのは明治の創姓ブームの愛嬌ある産物らしい。

女性の名で、子とつくのは、はじめは宮廷や公卿の風であった。平家物語に出てくる建礼門院は、平ノ徳子。文字にかくときには徳子とかくが、平素は子をはずしてよばれていたようにおもわれる。子は、かるい尊称もしくはそれに似たものであったろう。頼朝の妻は、お政というが、文書にかかれるときは政子である。足利義政夫人の日野富子などもむろんそうであった。豊臣秀吉夫人はおねねと言い、禰ゝとかお禰、寧子《ねね》とかいたが、秀吉がえらくなって彼女にも従一位というたいそうな宮中序列がついたとき、公卿の女性なみに子をつけ、

「吉子」

と、公式の文書に書かれている。

この貴族の習慣が、明治後一般化されて女性の名に「子」がつくという流行をうんだ。

革命家のなかには、ときにひとびとによばれやすい名前をつけたりする。スターリンの本名は、ヨセフ・ヴィサリオノヴィッチ・デュガシュヴィリであるが、もしこの名ならわれわれはスターリンほどにかれを記憶できたかどうか。レーニンは、ウラジミール・イリイッチ・ウリヤーノフであった。やはりレーニンのほうが、後世にとっても便利である。

幕末の志士清河八郎は、出羽国田川郡清川村のひとで、本名は斎藤元司といった。家をとびだして江戸に出てから清河八郎と名乗った。レーニン、スターリンのたぐいである。

水戸の人で木村某という人物が、郷国を脱して攘夷運動にくわわり、のち新選組の首領株になった。芹沢鴨《かも》である。かれは近藤勇一派の隊内クーデターで斃《たお》され活動期がみじかすぎたため、どういう人物なのかよくわからない。ただ、鴨という妙な名は同時代にもそれ以前にも類似のものがないところからみるとかれの純粋独創で、その発想たるやきわめて大胆で、前衛的ですらある。そのかぎりにおいてはよほど感覚の風変りな、前衛詩人のような人物を想像するのだが、ざんねんなことに歌とか詩とか、その傍証になる材料がのこっていない。もっともかれがもし詩人だったとすれば、かれ自身が考えだしたこの名前を歴史に記録しただけでも、詩人としての仕事をはたしているようにおもえる。

日本人の顔

秀吉の顔が猿に似ていたことはたしかだろう。ただ、よく知られているように、信長は秀吉の妻への手紙に「あの猿が」とはいわず、「あの禿《はげ》ねずみが」といっている。あごがするどくとがっていて、鼻下にうすひげ（秀吉は無髯《むぜん》にちかい）などをはやしているすがたは禿ねずみそっくりだったのかもしれない。

秀吉の目は、するどかったらしい。

天正十八年十一月一日、秀吉は朝鮮からの使者を聚楽第《じゅらくだい》において引見した。このときの朝鮮側の記録が、「懲毖録《ちょうひろく》」である。

「秀吉、容貌矮陋《わいろう》」

矮陋とは、ちっちゃくてくちゃくちゃしているという意。面色黎黒《れいこく》という。顔色がまっくろだというのである。「ほかに変わったところがないが、ただ眼光が閃々《せんせん》として人を射るようである」と、その印象をのべている。このとき秀吉の服装といえば、冠《かんむり》をかぶり、黒い袍《ほう》を着ていた。顔色も黒く服装も黒く、黒ずくめで眼光だけがキラキラと光っている。

秀吉を見たという記録が、「葉隠《はがくれ》」にもある。

文禄元年七月のことである。秀吉は外征軍の指揮所である肥前名護屋（佐賀県東松浦郡）にいたが、この時期、京の聚楽第にいたかれの母大政所《おおまんどころ》の容体がおもわしくないという急報をうけた。もともと秀吉はその母親に対する愛情が常識を絶したほどにつよく、そのことでの逸話が多い。このときも玄海灘にのぞむ東松浦半島の先端の陣営にいながら、とるものもとりあえず京へ急行するのである。結局臨終に間にあわず、上洛してその死を知ったとき、秀吉は「気息にわかに絶えて地に仆《たお》る」とあるように、気絶してしまった。それはいい。

名護屋を去るときの形容を、「川角《かわすみ》太閤記」では、「名護屋より風与御上《のぼり》なされ候」と、書いている。風与とはフトである。秀吉は不意に名護屋城から消えた。軍陣でのしごとは、徳川家康と前田利家にまかせた。

さて、「葉隠」の記事である。

「太閤様が名護屋におられたところ、その母御前《ごぜ》がご病気になり、いったんお帰りになることになったが、そのとき、佐賀の上道をお通りになった」

と、いう。佐賀の上道とは、いまの佐賀市のずっと北のほうの山麓を東へ通っている街道をいうらしい。たとえばこの街道は小城《おぎ》を通過している。その小城から八キロばかり東へゆくと、川がある。三瀬峠から南流してやがては佐賀市に入る川で、このころは川上川といった。秀吉はこの川上川の渡しをわたったと「葉隠」にはある。「葉隠」は、佐賀の土俗的な士風をつたえる倫理書で、そこに多くの逸話が収録されているが、このときの秀吉を見たというのも、佐賀の地下人《じげにん》の話である。秀吉の供はみな騎馬だったという。

秀吉自身も騎馬であった。足もとは足半草履《あしなかぞうり》というツマサキだけの小さな草履をはき、刀は朱鞘《しゆざや》に金の熨斗《のし》つきである。その刀の鞘に足半をもう一足くくりつけている(他の本に、これは秀吉のわかいころからの心得だったというから、この実見談は正しいだろう)。衣装は大いにはなやかだったが、さて容貌である。

「顔が、朱を塗ったように赤い」

という。顔だけでなく、手足までが朱のようにあかいというのである。朝鮮使節の印象だった「面色黎黒」は、なるほどくろくはあっても、煤《すす》黒いのではなく、健康な赤銅《しやくどう》色のくろさなのであろう。だからこそ照りつける陽の下では、朱のように赤かったという印象になるのであろう。秀吉は若いころから戦場を往来し、馬上天下をとった。赤銅色はそのためであろうし、かれ自身、そういう野外における獅子奮迅《ししふんじん》の経験が、天下をとってからもすべての自信のよりどころになっていた。

朝鮮使節は、それを軽蔑した。

――これでも貴人か。

とおもったにちがいない。朝鮮は半島国家であるがために、中国の体制や倫理をほとんどそのままうけ入れて、文による官僚国家として存在している。中国では大官というものの美徳は、

「寛仁大度」

であるべきであり、眼光がするどくて人を射るがごとしでは、野盗の頭目である。それに奴婢《ぬひ》をおおぜいつかい、出入りには乗物をもちい、いやしくも自分で労働したり、馬で往ったりすることはない。幕末、中国の大官がイギリスの外交官と対面したとき、イギリスの外交官は、イスやテーブルの配置がよくないといって、自分で立ってそれを置きかえた。これは中国人にとって非常なおどろきであり、彼ら英国官吏は貴人ではないとして大いに侮蔑するようになった。中国にあっては、大官たる者は色白で指がしなやかで、ちょっと歩行しても脚がつかれるようでなければならないことになっているが、この文禄年間の朝鮮使節の意識もむろんそれである。

――秀吉とはこんなやつかい。

と思い、その嘲笑が文章の底にある。

それ以上にかれらがおどろいたのは、秀吉たる者が、意外なふるまいをしたことである。

秀吉は、中国式の礼のやかましい朝鮮使節を接見していながら、不意にその座からきえたのである。

（どうしたのだろう）

と、使節たちはおもっていると、やがて便服《べんぷく》（ふだん着）を着た一人物が小児を抱いてあらわれた。使節たちは、はじめその人物が何者であるかわからなかったが、意外にも秀吉その人であることを知った。秀吉はその子鶴松に、朝鮮使節の異風な姿をみせてやろうとおもい、奥から抱いてきたのである。

ところがこの鶴松が、秀吉のひざのうえでそそうをした。

「秀吉笑って侍者を呼ぶ。一女、倭声《わせい》（日本語）に応じて走り出づ」

秀吉はその侍女の手に児をあずけ、使節の目の前で着衣をかえさせた。

「傍《かたわ》ら人無きが若《ごと》し」

傍若無人だというのである。中国的世界からいえばこんな粗野な貴人はいない。倭人はやはり中国化することが薄く、従って野蛮であるとおもったにちがいない。

この時代の貴人の階等でいえば、秀吉のつぎに位置する者が内大臣徳川家康と、大納言前田利家である。

が、家康も中国風の大官のようなものではなく、自分の体をうごかすことをすこしもいとわなかった。

秀吉が伏見城をきずくとき、外征をしていない諸侯に命じて築城の手伝いをさせた。前田利家もそれを命ぜられた。利家は土工三千五百人をつかってこの工事に参加した。

その利家の工事担当の範囲に、宇治川の改修工事がある。利家はそれをやってほぼ工事がおわるころ、豪雨があった。河水が激増していまにも堤防が決潰《けっかい》しそうだという急報をきき、利家は現場へかけつけ、土俵をもってそれを補強しようとした。かれは家来にも土を掘らせ、モッコをかつがせたが、利家自身先頭に立ってモッコをかついだ。利家はかんしゃく持で、子の利長の従臣たちの動作のにぶさに腹をたて、杖をふるってどなったりした。おそらくこの風景を朝鮮使節がみれば、

——倭は、貴人といえどもみずから手足を泥にす。

と、軽蔑したであろう。

しかし考えてみれば、日本が明治維新をやってかるがると開化を遂げたあと、朝鮮と中国はなおもその主観的価値体系のなかで牢乎《ろうこ》として自分の文化をまもりつづけた、というより文化的睡眠状態を長い歳月つづけたというのは、かれらには日本人のように軽々しく身動きをする習性がなかったからにちがいない。

この稿は、顔の話を書くつもりだった。

ところが秀吉の顔を例にするうちに、話の結論が妙なかたちで出てしまった。津村節子さんの随筆をよんでいると、津村さんのご近所に住む講釈師のことが出てくる。その老講釈師の師匠が、津村さんに、

「あれはむかし顔をしておりましょう」

というくだりがある。その随筆の載った雑誌が手もとにないので、この会話は津村さんの文章どおりでないかもしれないが、とにかくむかし顔という活字が、私の目にあざやかにのこった。

むかしの役者絵をみていると、ほとんどが馬面である。幕末の人物写真なども身分の高い、たとえば公卿や大名の写真はほとんどが馬面（大納言中山忠能《ただやす》、佐賀藩主鍋島閑叟《かんそう》、宇和島藩主伊達宗城《むねなり》など）で、足軽階級あがりの志士たちにいくぶん丸顔（伊藤博文など）がみられる程度である。志士たちでも、土佐の武市《たけち》半平太、長州の高杉晋作などは堂々たる馬面である。吉田松陰もひどく長い。

「むかしの日本人は馬面だったが、どうも近頃の日本人は丸顔でいけません」

と、川柳家の川上三太郎氏（故人）が、そういう意味の随筆を昭和二十年代に書いていた記憶がある。角力《すもう》なども、私程度の年齢の者の少年時代の記憶ですら、面長《おもなが》な人が多かったが、いまの力士はほとんどが丸顔で、ポチャポチャして坊ちゃん顔である。

そういうことを書くつもりでいた。ところがのっけに秀吉の例を出したために、秀吉にひきずられてしまった。

ひとのことをいってはいけないが、ちょっと失礼させて頂くと、池波正太郎氏が、なんともいえぬ塩味のきいたむかし顔である。池波氏とむかいあっていると、ああ日本人の顔はこうなくちゃいけないとつい声をあげたくなる瞬間がある。

いまは亡い村松梢風《しょうふう》氏も面長だったし、宇野浩二氏などは、高村光太郎とならんで骨のあつい昔日本人の馬面だったようにおもわれる。

そんなことをある日、拙宅の客に話していると、ふと面長のひとには頑固なひとが多いことに気づいた。

「これはどういうわけでしょう」

と、われながらこの発見におどろいていると、客人のほうが例をあげてくれた。以下敬称を略して紹介すると、

「三島由紀夫、林健太郎、羽仁五郎、福田恆存」

という四氏が、まっさきにあげられた。なるほどこの四氏は六九年の混乱期に、時代の矢弾をおかしてみずから思想の道標をうちたてたひとたちである。どこをどうたたいてもつねに明晰《めいせき》な論理を展開しうるのは、よほど鞏固《きょうこ》な思想と信念が内部にある

からで、丸顔の日本人のおよぶ（といっても丸顔の日本人のぜんぶが風まかせの柳というわけではないが）ところではない。

政治家はどうだろうと思って、かりに自民党にかぎり、写真で知っている代議士の顔をおもいうかべてみたが、どうも丸顔が圧倒的に多いようである。

これはべつに政治家の恥ではあるまい。自民党のいまの政治は独自の思想によってあたらしい時代をひらくようなものではなく、調整の政治である。つまり馬面の大久保利通が明治の体制を草創したが、丸顔の伊藤博文は生涯自分自身の思想というものはなく、臨機応変に物事を調整して大久保の明治を完成した。政治が調整機能を発揮しているだけにすぎない現代では、馬面のひとはむしろ思想家か革命家になり、政府与党である自民党にあっては丸顔のほうがより政治能力を発揮できるのかもしれない。

創業者の信長は馬面で、秀吉は逆三角、家康はポチャポチャの丸顔である。明治期では、馬面の中江兆民は一時政界にも出たが、結局は調整的な人間でなかったために思想家として生涯をおわった。以上、思いつくままに書きならべつつ、ここからなにやら一リクツ抽《ひ》き出せそうにおもいはじめているのだが、残念ながら私には骨相学の知識がないので、どうにもならない。

浪人の旅

「シビレ、江戸へゆけ」

という変なまじないが上方《かみがた》のほうにあって、こどもなどが正座していて足がしびれたりすると、手をもって足の親指を内側にぐっとまげこみ、シビレ江戸へゆけ〳〵と何度かわめきちらせば、なんとかなおった。筆者などもこどものころ、年寄にそれを教わって大まじめにやっていた記憶がある。上方のシビレがみな箱根をこえて江戸へ殺到すれば江戸のひとはずいぶんこまるにちがいないが、江戸時代の上方の連中にとっては将軍のいる江戸世界といえばいまのアメリカよりも心理的に遠かったにちがいない。シビレ隣り村へゆけ、などといえばむしろ差しさわりがあるが、シビレも江戸へ行ってしまえばもう実感もなにもなく、それほど江戸は遠い空のはてにあった。そこへゆく日数のおびただしさもさることながら、泊りをかさねてゆくために、よほど金がいる。

金といえば宮本武蔵は半生あれだけ諸国を歩きまわって宿泊費や飲食費はどうして

いたのかということが、吉川英治氏の「宮本武蔵」が評判になったころ、たれかが書いていたような記憶がある。

じつは武蔵はただで歩けるのである。

日本はすくなくとも室町以後、諸芸がさかんになった。武蔵のような兵法《ひょうほう》、宗祇《そうぎ》の連歌《れんが》といったものがその代表的なもので、その師匠たちはたえず諸国を歩きまわっている。大名や豪族がかれらの来るのをよろこぶし、来れば教えをうけ、滞在させ、去るときには、

「つぎはどちらへ？」

ときいてくれるし、きけばその地方での自分の縁者や知人を紹介してくれる。そこへたどりつくまでの旅費は、わらじ銭としてちゃんとくれるのである。室町以後の日本人の芸や技術に対する欲求とあこがれというものは、非常なものであった。戦国期、連歌師の宗祇がほうぼうの大名をたずね、貴賓にちかい待遇をうけており、織田家にも信長の父親の代に宗祇は行っている。

「宗祇法師がきてくれた」

というだけでも、室町の正規大名ではない織田家程度の家では、近隣の豪族に鼻高々の自慢になるし、新興勢力としては箔《はく》がつく。宗祇は出身は卑《ひく》いが、その芸をもってすでに京では天子からも敬せられる身であり、関白以下の公卿たちとはごく親し

かった。地方の大名が宗祇をありがたがったのも、当然であった。これが旅のこつであった。京では関白や左右大臣とも友だちづきあいであるということが、地方で厚遇される資本《もとで》であった。宗祇は足利将軍十一代の義澄のころ、文亀二年（一五〇二）に旅の途中で死んだ。場所は箱根湯本ノ宿で、齢《とし》は八十一だったという。

宗祇は貴族趣味者で、ぜいたくな男だったらしい。ぜいたくといっても中国や西洋の王侯のそれのように巨館に住み酒池肉林のなかでくらすといったものではなく、室町期の日本人のぜいたくというのは多分に芸術的で象徴的なものであった。

宗祇は長い白髯《はくぜん》をもっていた。それをたえず手入れしてその美しさがひと目をひいた。さらにかれは香道《こうどう》に堪能《たんのう》で、その髯をいつも香でたきしめていたのである。そのため宗祇とむかいあうと、ほのかにそのひげから香がかおってきて、えもいえず奥床しい、といったふうなぜいたくだったのである。かれはつねに旅空に放浪するひとであった。当然、むさくるしくなるはずだが、ひげにだけ凝っていたらしい。

室町期の旅というのは、山野で盗賊に出あうことが多い。宗祇もある土地の山中で賊に出あったことがある。賊は宗祇の所持銭をまきあげてしまったが、宗祇はこういうことに馴れていて、さっさと歩行をつづけた。数里して、先刻の賊が追っかけてきた。

宗祇はたちどまって、用をきいた。

賊が恐縮していうには、どうにもそのひげがほしい、と宗祇のあごを指さした。京では禅僧が払子《ほっす》というものをもっている。舶来品の白熊《はぐま》の毛でつくるもので、値がたいそう高い。賊のいうところではそのひげを切って払子の材料とし、京へもってゆけば高く売れる、というのである。日本がいかに貧しい国であったかということは宗祇のひげのぜいたくだけでなく、賊がそのひげをほしがったということの一事でもわかるであろう。同時代の他の文明地帯では考えられないことにちがいない。

茶道などが成立してゆく日本独特の文化のおもしろさも、この貧しさという土壌を考えないとやや理解できにくい。ところで日本人の文化意識のおもしろさは、宗祇がここで、

――それだけはかんべんしてくれ。

という意味の歌をよむのである。ちょうど太田道灌がにわか雨にあい、農家の戸をたたいて蓑《みの》をかりようとしたとき、その家の娘が無言で山吹一枝をさし出したという逸話に似ている。娘にすれば蓑がないということをむくつけにはいわず、古歌の「七《なな》重八重《えやえ》花はさけども山吹のみの一つだになきぞ悲しき」ということに意を寓したのである。宗祇はその娘ほどしゃれた黙劇《パントマイム》はできず、賊に対して歌一首をよんだ。

「わがために払子ばかりは免《ゆる》せかし、塵の浮世を棄てはつるまで」

賊も、多少歌心のあった男にちがいない。この歌に感動し、宗祇にゆるしを乞い、

さらに先刻巻きあげた銭も宗祇にかえし、そのうえ他の盗賊に宗祇があうといけないので、山道のはてるまで送ったという。

牢浪《ろうろう》の浪人というのは、そのようにして旅をしている。

一芸があれば、むしろ旅をして暮らすほうが暮らしやすいのである。宮本武蔵が在世したのは豊臣期のおわりころから徳川の初期にかけてであった。このころには連歌を看板芸にして歩いているよりも、兵法のほうが郷々の小豪族のあいだでは需要が高かった。

「弱い者でも強くなれる技術」

というのが、世間がこの新興技術である剣術にかけていた期待であった。そのわりには師匠がすくなく、武蔵のわかいころでもけっこう、大師匠として珍重された。

「まあ一月ほど泊って、このあたりの者に教えてもらえぬか」

と、大いに歓迎された。

兵法（剣法）は、関東で発生した。当然、術者は関東に多い。そういう関東の術者が、術者のすくない上方にのぼって遠くは九州までゆきかせいでまわる。上方に需要が高かった。

ただし、上方では音曲《おんぎょく》がさかんである。歌舞音曲の師匠は京から関東へくだってゆく。関東には音曲をまなんで雅《みや》びたいという気持と需要が大きかったのである。

ノボリ兵法

クダリ音曲

と、室町のころから徳川初期にかけていわれたのは、兵法者はのぼれば食える、音曲の師匠はくだれば食える、という旅の生活者の生活の機微を表現したことばであった。

武蔵は兵法者にはめずらしく播州と作州境のうまれで、いわば上方圏のひとである。その生涯の行動範囲は、上方から九州にかけてであった。その地帯なら、郷々に兵法を神秘視してくれる旦那衆がいたのである。関東は兵法者の輩出地であった。そういうところへ行っても、強い同業者がいるばかりで、旦那はすくない。音曲の師匠とは逆であった。武蔵は名を得、齢《とし》も壮齢になってから一度だけ江戸へ行った。しかしそれは幕臣になろうという目的の猟官運動のためであった。

「東海道の一筋も知らざる者、風雅おぼつかなし」

といった芭蕉は、旅のなかで文学を成立させたが、同時に生活をも成立させたであろう。

かれは先ず旅行し、ついに東北旅行までする。それは、宗祇の場合と同様、土地々に俳諧好きの旦那がいたればこそ可能であった。ただ室町期の宗祇が相手にした田舎衆というのは室町幕府の守護大名であったが、時代がくだって江戸期の芭蕉ともなれば、旦那も小粒になった。地方の庄屋階級であった。風雅おぼつかなし、などと芭蕉は旅行を文学論のなかに組み入れてしまっているが、生活面でいっても、京や大坂で点者《てんじゃ》として旦那衆を教え、きまりきった相手とばかり鼻をつきあわせていても、収入はたかが知れている。江戸時代の物持というのは、大名や大坂の六、七軒の富商をのぞけば、関東から東北にかけての大地主（庄屋）であった。かれらの地主としての規模の大きさからみると、農地が細分化された近畿の庄屋階級などは比較にならぬほどに屋台が小さい。浪人である芭蕉が、悠々たる旅のできる天地は東北であったであろう。

小林一茶は、芭蕉の三パーセントほどの知名度も、その生存当時もっていない。出身も芭蕉がまがりなりにも下級武士であったのに対し、

「これがまあつひの栖《すみか》か雪五尺」

というかれの句にある信濃国の柏原《かしわばら》という村の小農の家にうまれ、そこで生をおわった。かれは少年のころ江戸に奉公に出、苦しいくらしをした。そのころ俳句をおぼえ、やがて竹阿《ちくあ》という老俳人の弟子になった。この竹阿は江戸にいるかとおもえば、旅にいる。そういう意味では典型的な旅の生活者で、その竹阿の門人になったことが、

一茶をして、無銭旅行を可能ならしめた。竹阿の門人は、中国から四国、九州にまでおよんでいるのである。

この無名の一茶が、二十代の終りごろ、京大坂から四国九州にいたるまでの七年にわたる大旅行をするのである。このころ師匠の竹阿は、すでに死んでいない。しかしそののこされた門人が地方にいる。一茶はそれをたずねるべく旅立ったのだが、旅のもとでといえば、

「私は二六庵（竹阿の庵号）を継いだ者であります」

という名乗りだけであった。もっとも竹阿は元来大坂を根拠地としていた俳人である。一茶の研究者である長野在の小林計一郎氏なども、他の研究者の論文を引きつつ、

「直接教えをうけたのではないらしく、あるいは面会したことさえなかったかも知れない」

と、書いておられる。

そうとすれば、浪人一茶のこの七年にわたる大旅行の心もとなさときわどさはどうであろう。かれは故竹阿宗匠の門人帳によってそれを歴訪し、それによって旅の生計をたてようとするのである。

伊予（愛媛県）難波村西明寺という寺の住職が故竹阿の門人であったというので、一茶はそれをたよりにはるばるたずね、すでに三年前に死去していることを知った。

かれはあたらしい住職に一宿の好意を得たく哀願したに相違ないが、すげなくことわられている。無名の浪人の旅にはこういうことはしばしばあったにちがいない。一茶は、この旅のはじめはまだ三十前後であったが、おそらく旅でひとの信用を得るために常の町人姿でなく、頭を剃り、宗匠風に作っていたに相違なかった。

絵がかけるということも、旅ができることの条件であった。大正期いっぱいまでは、地方々々にまだ旅絵師が歩いていて、村の素封家《そほうか》の家に長期滞在し、その家のふすまを描いたり、近郷近村からもちこんでくるふすまに適当な絵をかいたりして十分生計が立ったという。日本建築にあっては絵画は建具の一部で、それが今日でこそ印刷の出来あいふすまが売られているが、まだ半世紀前までは肉筆を珍重した。

この話は戦前のことだそうだが、紀州の根来《ねごろ》の山中の村で横山大観が二人鉢あわせしたことがあったそうである。どちらも例の横山大観であると名乗って在所々々をまわっていたという。そのうちの一人の大観を私の知人の日本画家が知っていて、かれのいうところではその大観翁は芦屋に住み、こどもは東京の大学に行かせるほどの暮らしをしていたという。二十年ばかり前にきいた話だから、そういう大観翁たちも美術史上の本物の大観と同様、もう故人になっているにちがいない。

異風の服飾

但馬国《たじまのくに》（兵庫県北部）出石《いずし》は、仙石《せんごく》家三万石の城下で、その城下はいまでも町というより邑《むら》というほどの規模である。城は山城であり、その城あとに登ると、老いた杉《すぎ》木立《こだち》が陽をさえぎり、夏でも冷気があり、苔《こけ》のにおいがつよい。

「権兵衛餅」

だったかが、町のみやげとして売られていたような記憶があるが、この小藩の藩祖が仙石権兵衛であることによる。この城を見、城下を見ると、

——権兵衛程度の男でも、よくまあ大名になれたものだ。

という実感が湧く。

権兵衛はどうやら美濃の出身らしい。その先祖は清和源氏土岐《とき》氏より出《い》づとあるが、戦国時代に興った大名の家系など、織田、豊臣、徳川などをもふくめてほとんどが九割方粉飾されたものである。権兵衛も土民がサビ槍を持って戦場へ功名あさりに駈け出してきたというような前歴であったであろう。

　権兵衛の幸運は、秀吉がまだ織田家の中級将校だったころにかれに仕えたというところにある。年少のころは児小姓《こ》程度の仕事をしていたらしいが、どうも気のきいた威勢のいいボーイだったようにおもわれる。権兵衛っ、と秀吉が大声でよべば、どこにいても威勢よく返事をし、息せき切って駈けてきて、

「へいっ、御前《おんまえ》に」

と、見あげる目は犬のようにいきいきしていて、主人の秀吉としては可愛い男だったにちがいない。

　そういう男が秀吉が天下をとると、大名になったのである。秀吉には家代々の家来というものがなかったから、自分が若いころから使いなじんだ家来（それもごく少数しかいなかった）を「譜代大名」という形にしてとりたて、身辺の機密に参加させるしかなかった。その人間に才能があるから大名にしたわけではなく、機密を漏洩する心配がないから身辺に置いていたのである。こういう理由で大名になった者の代表格としては加藤清正、福島正則があり、この両人には幸いにも軍事的才能がある。石田三成もいる。三成は卓抜した行政官の能力がある。だから秀吉もかれらに大きな禄をあたえて重用したが、しかし仙石権兵衛についてはそれほど重用していないのは、やはりおなじ秀吉のボーイあがりでも右の三人にくらべてだいぶ力量が劣っていたのであろう。それでも秀吉ははじめ権兵衛に淡路国一国をあたえ、さらに讃岐《さぬき》（香川県）

一国をあたえたから、大変な優遇である。そのうえ、

「秀久と名乗れ」

と、秀の字をくれてやった。ある意味では前記三人以上の厚遇だったかもしれない。

秀吉が天下統一の事業として九州征伐（島津征伐）をはじめるや、四国の諸大名に命じて先発させた。その先発軍の軍監として仙石権兵衛を命じた。軍監とはこの場合、秀吉代理というべき内容の役目で、総大将といっていい。権兵衛の下には、かつて四国を平定して天下をのぞもうとした土佐の長曾我部《ちょうそかべ》元親《もとちか》なども加わっていたから、元親としては、

――こんな小僧の指揮に甘んずるのか。

と、ばかくさくもあり、悲しくもあったであろう。この先発軍はいまの大分県に上陸し、そこに待ちうけていた島津軍のためにさんざんにやぶられるのである。それも島津軍のごく幼稚な戦術上のわなにかかってやぶれた。このわなを長曾我部元親はさすがに経験上知っていて権兵衛を制止するのだが、権兵衛はあくまでも秀吉の権威をかさに着、猪突《ちょとつ》猛進を無理強《じ》いした。案のじょう、島津軍のわなにおちいって大敗戦を喫し、元親の子の信親までが戦死した。ところが命令者の権兵衛だけは戦闘に参加せず、海岸へ逃げ、さらに舟にとびのり、海をわたって四国まで逃げてしまったというから、元来その程度の人物なのである。ボーイあがりの秀吉側近官僚にすぎなかっ

た。

しかしこういう似而非《えせ》大将ほど、自分の無能を権威と装飾によってかくそうとするせいか、自己顕示欲を露骨にあらわしたような異様の服装をしたがるようであった。権兵衛はこのとき三十二歳であった。かれは自分の陣羽織を工夫して、数えきれないほどたくさんの鈴を縫いつけた。このため彼が歩くたびににぎやかに陣羽織が鳴った。鳴る服というのは古今の服飾史上、仙石権兵衛が考えだしたこの陣羽織以外にないにちがいないし、奇装を好むいまのヒッピーですら、これだけは思いついていないようだし、たとえ思いついてもさすがにはずかしがって着ないにちがいない。服装デザイナーの後学のためにかれの陣羽織を説明した記録を写しておく。

「仙石権兵衛着服の陣羽織は、地は金襴《きんらん》にてその上へ金の縄《なわ》（西洋の軍人礼服につかわれた金モールであろう）を天上にて亀甲《きっこう》に組み、縄の組目《くみめ》ごとに鈴をつけ、金襴の地上へ綴じつくる。働きの障《さわ》りとなるときは、鈴を取り捨てたり。これによって、没後は、鈴十ばかり残ると。（掃聚物語より）」

権兵衛は天才的武将ではなかったが、ときに天才は奇装を好む。信長の年少のころの奇装ばなしは有名であり、天下人《びと》になる前後にはツバ広の南蛮帽をかぶり、馬上マントを羽織って、悠々京の町を騎行した。

秀吉も、自分の服装に独創をこらした。かれはとびきりの小男であったため、公卿としての正装である硬《こわ》衣装の肩にコウモリ傘の骨のようなものを入れ、特別大きく仕立てさせた。これにひきかえ家康は、尋常の服装をこのんだようである。ただしかれが愛用した甲冑《かっちゅう》のうち、スペイン渡来のものがあった。スペインの甲冑の胴だけをとって銀色に磨きたてていたが、これは奇装を好むというのではなく、鉄砲玉をふせぐにはこれがよいという実用的な動機からに相違ない。

「伊達な」

ということばの語源はよくわからない。一説には伊達政宗の衣装好みのつよさから出たというが、政宗自身はどちらかといえば、正統的な軍装や服装を用いたようにおもわれる。松島の瑞巌寺《ずいがんじ》に安置されているかれの木像（武装姿）も、一分のすきもない正統的な軍装のようである。しかしかれが秀吉の朝鮮ノ陣で動員されたとき、かれの部隊の軍装は、おそらくかれの独創によるであろうユニホームをいっせいに着用し、隊伍を組んですすみ、京者をあっといわせた。つまり京で、秀吉が出陣する諸大名の観兵式をおこなったときのことである。

その閲兵順としては、第一番に出てくるのが前田利家とその加賀部隊、二番は徳川家康とその関東部隊、三番が伊達政宗とその奥州部隊であった。「成実記」という記録によると、

「政宗公御家中《ごかちゅう》、ノボリ三十本」

と、以下つづく。そのノボリは紺地に金の日ノ丸であり、そのノボリ持以下徒歩兵の衣装は他家のように雑多なものではなく、具足は背が黒で、前が金の星という力強いなかにも華やかなデザインであった。京者がおどろいたことに、かれらは太刀のこしらえまで揃えてあった。太刀は朱鞘で脇差の鞘は銀色である。かれらの鉄笠は高さ三尺のトンガリ笠で、将校（騎乗の士）だけは「思い思いなり」というようにかれら個々が意匠をこらしていた。そのたれもが、他家の侍の軍装よりみごとであった。たとえばどの騎乗の士も大房《おおぶさ》の尻ガイを波うたせ、しかもどの馬にも馬鎧《よろい》を着せている。たいていが、虎か豹《ひょう》の革を用いていたというから、材料は輸入品である。その騎乗の士は太刀のこしらえだけ揃えていて、大小とも金のノシ付の鞘であった。

「見物衆の反応はといえば、前田、徳川の部隊が通ったときは、たれも声を出さなかった。ところが伊達衆が通過しはじめると、見物は感嘆のあまりおめきさわいだ」

という。その華やかさが当分京の話題をさらったというのだが、あるいは「伊達な」ということばはそのとき流行語になり、その後定着したのかもしれない。

「傾《かぶ》く」

ということばが室町末期、戦国のころに流行した。伊達と似たような内容のことばで、傾斜した精神、服装というような意味をもつ。歌舞伎ということばが動詞になったのであろう。かぶきは、もともとあの演劇をさしているのではなく、ためしに、

「歌舞伎者」

ということばを「広辞苑」（第二版）でひくと、「異様な風態をするもの。遊俠者。はでな伊達者。悪徒。かたぎでない暴れ者」というのがはじめの意味で、転じて歌舞伎役者という意味になっている。要するにかぶくとは、

——やくざめいたぐあいになる。

という意味である。

前田利家は少壮のころから律義《りちぎ》者でとおっていたし、晩年にはいかにも質実ということばを絵にかいたような人物になったが、かれの直話をあつめたという「亜相公御夜話」によると、若いころは、

「異風好みのかぶき者であった」

という。派手な服装を好み、それがやくざっぽかったというから、晩年のかれからは、家来たちも想像しがたかったにちがいない。

利家は、晩年は枯木《こぼく》のようにやせていたが、少年のころは美少年だったようである。少年の身で信長の児小姓にあがった。信長とはわずか五つちがいで、信長が野あそびや川泳ぎのすきな不良貴公子であったころ、当時犬千代といった利家をよく連れある

き、
「於犬《おいぬ》、今夜は伽《とぎ》をせい」
などといって夜の伽をさせた。つまり寵童《ちょうどう》であり、この主従は男色関係にあった。ここで男色というのはのちの性意識や風俗で推量するとまちがうであろう。この当時の男色はむしろ戦陣で勇敢な武将や侍のあいだで流行し、陰湿なものではなく、陽気で豪快なふんいきがあり、ひとたび契《ちぎ》れば生死を共にするというところまでのモラルが確立されていた。

利家という人物はのちに、加賀百万石のもとをひらくのだが、天下人になるような器量はない。戦場でのかれの本領は個人的な槍先の武勇だけでなく、五千人程度の部隊の指揮官としては理想的な資質をもっていた。その行動は勇敢でその性格は勁烈《けいれつ》で、とてもこんにちでいう男色《ソドミー》のにおいではない。しかもその関係は公然たるもので、たとえばかれの場合、信長の晩年、信長が諸将の前で利家をつかまえ、その白毛まじりのひげをひっぱり、

――この男がこどものころ、わしは寝床で寵したものよ。

といったとき、諸将は声をあげ、利家の幸福を大いにうらやんだという。利家は晩年になってもそれが自慢であった。戦国期の人情は後世からみてひどくあかるく、色彩でいえば明色の感じがあるが、性風俗も暗色ではなく、どこか豪宕《ごうとう》さがあった。話

が、外《そ》れた。

つまり、異風な服装のことである。利家は晩年になっても、若者に対する好みは、

——ちょっと異風で元気のいい若者がいい。

ということであったらしい。生意気でやくざっぽい感じの男にこそ、戦場での勇気とかあるいは駈けひきの独創性が宿っているということかもしれない。

しかし、人間の価値判断は服装ではない。こんにちのやくざっぽい服装を利家のことばは意味しているのではないであろう。ああいう服装は多分に風俗化された一つの型で、その型に入りこむだけの若者に、勇気も独創もあるはずがない。戦国期の、

「かぶいたる者」

の服装には、流行の型がなかった。みな、自分々々の創意による意匠だったようにおもえるし、利家も、そういう意匠を生みだす精神の傾斜というもののなかに、存外、勇気や創意のある才能がひそんでいるという意味のことをいったようである。

武士と言葉

「左様でござる」

と、歌舞伎などで武士がいう。江戸落語で武士を演出する場合も、四角ばって、たとえば「岸柳島」で武芸自慢の侍が、

「尊公も両刀をたばさんでおられるなら、むざと手をつかねて拙者に斬られもいたすまい。さ、真剣の勝負をさっしゃい」（円生全集）と、同舟の武家のご隠居にからんでくる。拙者左様、尊公シカラバという言いかたが、江戸時代の武士の標準語というものであろう。ところがすべての武士がこんな言葉をつかっていたのではなく、たとえば、

「ソレ、ポコペンアリマス」

と、こう喋《しゃべ》ると、概念的中国人が現われ出るように、芸の世界で武士を演出しようとすれば、前掲のような言葉をつかわせると、アアいまのは侍だな、ということがたれにでもよくわかる。といって個々のナマの武士がこういう、まるで社説のような文

章言葉を日常使っていたわけではなさそうであり、かといって架空の言葉でもない。この間《かん》のあやち（区別）がややこしい。

それよりも、一体、標準語というのはいつごろできたのであろう。普通いわれているのは、維新後、江戸山ノ手の旗本屋敷でつかわれていた言葉が主軸になってできたという。ところが、左様でござりまする、が、

「ソウデス」

と、簡略化された。両親への呼びかけを父上様・母上様というと大層おもおもしいために、オトウサン・オカアサンという、日本史上、どの時代のどの地方にも存在しなかったふしぎな言葉があらたに造語された。要するに、明治後、小学教科書編纂《へんさん》のしごとがすすむにつれて、標準語ができあがって行った。

と、普通いわれている。しかし日本語に標準語ができあがったのは明治からではなく、もっと前の室町時代であるようにおもわれる。

「室町言葉」

が、標準語であったようである。

京に政治の中心をおいた室町幕府は、在郷の武家という本来粗野な存在に対し、行儀作法を強制することによってその野性の猛気を抜こうとした。いわゆる小笠原式と

いう武家礼法が政権の意思でつくられたのも、この時代であった。この室町礼法がすぐ京から地方の守護大名に普及し、武家貴族である以上、この礼法を身につけていることが第一条件のようになった。礼法には、当然、ことばがついてまわる。礼のある言葉が、礼法の家元である小笠原家や伊勢家によってつくられ、普及した。このことばが、前掲の江戸武士の標準語の原形であったであろう。徳川幕府も、この礼法を必要とした。家康は京から小笠原経直をよんで徳川家の礼式をつかさどらせた。室町期の守護大名が京へのぼって将軍に拝謁《はいえつ》したり、御殿で他の貴人や官人と交際したり会話をまじえたりするのは、みなこの礼式に拠《よ》っており、徳川期の大名が江戸城に登営するときも同様である。その礼法や格式言葉が、国々でも大名の御殿を中心にひろまり、下層におよんだ。

そういういきさつで出来あがったのが、落語「岸柳島」でつかわれているようなたぐいの侍ことばである。つまり標準語であるとともに儀礼語でもある。だから、武芸自慢の侍が、渡し舟のなかで武家の隠居をつかまえて喧嘩《けんか》をするとき、実際にはこんな言葉をつかわず、もっと自分の感情を表現するのに適した口語をつかったであろう。要するに左様シカラバ、ゴザル、は、多分に典型表現に必要なポコペン言葉なのである。

明智光秀という人は、初老の齢になって織田家に仕えるまで、諸国を流浪した。伝説では薩摩までくだったというし、わかっている範囲でも、京にながく居り、また越前の守護大名朝倉家にしばらく客分のようなかたちで仕えたりしている。かれは美濃土岐家の支族の家にうまれたのだったから、室町風の礼式言葉を身につけていた。こんにち、世界旅行をするのに、英語が話せればなんとか用が足せてゆくように、戦国期は、室町言葉さえ知っておれば、東は津軽から西は薩摩まで旅行できた。ただし、この時代、国々がそれぞれ方言をもっており、その方言に耳なれぬ者にとっては外国語にひとしい。下層の郎党どもや農民は、この方言しかつかわない。明智光秀の室町言葉も、在所のこういう連中には通じにくかったであろう。ただこういう土臭い連中も、狂言の普及のおかげで、耳を懸命に傾けていれば、なんとか光秀の唇から出ることばがわかったにちがいない。というのは、狂言における口語日本語は、光秀の室町言葉とほぼおなじなのである。

ところで、織田家は土語の世界であった。織田家だけでなく、当時、地方の土豪劣紳から身をおこした新興大名やその家来どもは、多くは土語しか話せない。尾張うまれは尾張弁以外に言語はない。たとえば天下をとっていた秀吉が、大坂城内で能を見物した。このとき夫婦で見物した。能の進行中、かれらは急に口喧嘩をはじめたのだが、秀吉とその糟糠《そうこう》の妻のあいだに早口でかわされる尾張弁はまるで鳥の声のようで、他の者には聞きとりにくかったという。

これからみると、明智光秀が、高級武家の共通語である室町言葉ができるということは、大変な特技であったにちがいない。かれはこの共通語のおかげで、牢人の身ながら、国々の大名を歴訪することもできたのかもしれない。光秀は、信長が京をおさえてから、京都掛《がかり》になった。室町将軍の足利義昭やその家臣、あるいは公家《くげ》社会に出入りする役目で、これらの中世的権威にそのつど織田家の意思をつたえた。光秀が織田家の重臣のなかでただ一人、室町礼法とその言葉を身につけた存在であったからに相違ない。英語のできない外交官というのは考えられないのとおなじである。

「坂本竜馬は、どの土地へ行っても土佐弁で押しとおした」

と、当時、彼の性格の一端を語る逸話として、かれの故郷で語り継がれた。もともと土佐方言というのは、発音が明快だからどの土地でも用が足りたということもあるだろうが、一面、彼が方言で押し通したということがそれほど話題性に富んだ事柄だとすれば、共通語（標準語）が厳然として存在したということになる。その共通語が、左様シカラバ、ゴザル、である。

当時、武士が他藩の士と話すとき、たがいに方言でやられてはかなわないので、この室町以来の共通語が用いられた。

薩摩の西郷隆盛が、京へのぼってきて、公卿や諸藩の要人に会うとき、その薩摩弁をつかわず、この共通語を用いたから、意思疎通にはすこしも不自由しなかった。

薩摩の大久保利通は、幕末、街頭よりも座敷で活躍する謀略家だった。かれは公卿の岩倉具視《ともみ》と組み、両人で密談に密談をかさね、幕末におけるぎりぎりの段階で、革命というよりほとんど陰謀といっていいような工作に従事した。大久保が明治十一年五月、赤坂紀尾井坂で暗殺されたあと、岩倉は過ぎた幕末のころを述懐し、

「かれと語り合った内容の大半は、いまも口にすることができないし、今後も私は口を緘《かん》してゆかねばならぬであろう」

といっているが、それほどの秘謀を、ひそひそ声で語るには、共通語がなければならない。大久保がもし薩摩弁しか知らなかったら、かれは岩倉と棒組になって革命の大陰謀などはとてもできなかった。要するに、左様シカラバ、ゴザル、である。

ところが、同藩の仲間とのあいだで、この共通語はいっさい用いられることがない。西郷も大久保も、共通語からみれば外国語ともいうべき薩摩語をしゃべっていた。

「拙者」

とか、

「貴殿」

というのは、これは主として他国人に対して用いることばなのである。

土佐藩でも、そうである。土佐藩では脱藩して国境の峠を越えると、

「これからは、オラ・オマンでゆこう」

と申しあわせるのが、キマリのようになっていたという。身共《みども》・お手前などともいわない。土佐では僕をオラと言い、君というのをお前《まん》という。無階級、平等でゆこうという意味である。藩士たちはそういう言葉をつかっていた。「岸柳島」のようなことばはつかっていなかった。

幕末、文久三年の政変で京における長州藩が一夜で政治の舞台からころがりおちたとき、宮廷における長州ロビーというべき七人の公卿も宮廷を追われ、長州へ落ちた。七卿落ちといわれるのがそれだが、この三条実美《さねとみ》以下七人の公卿の身辺を守っていたのが、土方《ひじかた》久元らの土佐脱藩浪士たちであった。三条らは長州では山口郊外の湯田にいた。のち長州藩が幕府の征討をうけるようになったとき、九州の大宰府《だざいふ》に移った。三条らがこの大宰府の配所にいるとき、守護役の土佐浪士たちが、自分たちだけでしきりにしゃべっている。むろん「岸柳島」語ではなく、まるだしの土佐弁であった。それがお公卿さんたちにはよほどおかしかったらしく、三条実美などは、

「オッホホホホ」

と、息がくるしくなるほど笑ったという。ところがこの土佐者も、三条実美に対しては武家共通語で物をいうのである。

武家共通語の普及度は、室町・戦国のころならば、せいぜい守護大名や地頭級とその家族たちぐらいにとどまっていたであろう。であればこそ、織田政権における明智光秀の存在は特異だったのである。

ところが江戸期になると、参覲交代のおかげか、もっと下の層まで普及した。地方の侍が殿様のお供で江戸へゆく。江戸は人口の半分が侍といわれる政治都市で、諸国の大名の家来が定府《じょうふ》やら勤番で、定住もしくは臨時に滞在している。それらが他藩の侍に接触して事を運ばねばならぬため、江戸で巨大な共通語が言語勢力として成立した。

それを、毎回大量の勤番侍たちが国もとへもってかえることによって、ごく自然に国許《くにもと》の方言に修正がくわえられた。このため、一国一藩の大藩のあった城下の方言は、江戸中心の共通語に転化しやすい性質のものになっている。たとえば、広島や岡山の言葉は、京・大坂の方言の影響をあまりうけず、江戸の方言の影響をずっとうけつづけてきたから、たとえばいままでも、岡山県人柴田錬三郎先生は、ごく自然に正確な東京弁の使い手になっておられる。

江戸期の武家共通語は、室町言葉から系譜をひいているために、そしてその共通語の大本山が江戸城の殿中にあったために、各地方の大藩の所在地にうまく拡散した。

行政制度上、この拡散の恩恵をうけなかったのが、京・大坂である。この上方はほとんどが天領（幕府直轄領）で、侍はわずかしかいない。居ても地役人といわれる京や大坂の奉行所の与力・同心たちで、これらは江戸へ勤番することがない。

このため、京・大坂が、独特の言語圏になってしまった。むろんこの上方語圏にも、他国人に話すための特別な共通語は発生し、存在した。たとえば船場《せんば》語などがそうで、

「左様《さい》でござります」

とか、

「左様《さい》でごわす」

といった言葉だが、これは室町礼式のなかでも公家礼式から系譜をひくようにおもわれる。京の人は、御所言葉をまね、大坂の人は、その京の人がまねた御所言葉を、まねそこねて船場言葉をつくりあげた。となると、日本の共通語（標準語）はもともと京で発生しながら、発生当初から公家と武家の二つの流れをなし、その後武家共通語が栄えたが、公家のほうは変形しつつ京・大坂に土着し、土語化し、あるいは商人語になったりして、こんにちにいたっている。この圏内にうまれた者は、一生関西なまりがぬけないのは、これはこれなりに原標準語だという意識が、肚《はら》の底にあるせいかもしれない。

謀殺

丹波と丹後は、京都市の北部にひろがって日本海にいたる山岳地帯である。山中の小盆地ごとに都市があり、よけいなことながら町の名をあげると、亀岡、綾部《あやべ》、福知山、園部などがあり、いずれも霧がふかい。さらに日本海に面した丹後へゆくと、宮津、舞鶴など若狭湾に面した海港がある。

「丹波、丹後を攻めよ」

という命令を織田信長がくだしたのは、天正三年であった。平定までにほぼ六年かかっている。

攻略の担当者は、織田家の五人の軍団長の一人の明智光秀で、その属僚として細川藤孝（幽斎）とその子忠興《ただおき》がつけられた。平定後は、この当時のしきたりとしてその司令官がその国をもらう。つまり請負であり、成功後は光秀が丹波の国主となり、幽斎が丹後の国主になるのだが、土地の連中としてはいい面の皮であろう。

なにしろ、山が錯綜している地形であるために屈強の山には みな山寨《さんさい》があり、無数の地侍が割拠していて、それらが連盟して織田軍をむかえ撃った。キコリまでが武装して山々を駈けるという状態だったから、当然ながらゲリラ戦になり、侵入軍である光秀も幽斎も苦しみぬいた。光秀の神経が大いに衰弱してこの平定後、本能寺ノ変という、およそ政略的に好結果を生むはずのない行動へ飛躍してしまったのは、どう考えても政治的には理由の説明がつきにくい。政治よりもむしろ精神医学でこの前後の光秀を考える以外にないようにおもわれる。

というほどに戦況がすすまぬところへ、信長からはやかましく督励してくる。これが光秀にとって脅迫になり、過労の上に焦燥がかさなって、このため、かれの攻略法も手段をえらばなくなり、やり方が汚くなってきた。謀殺に次ぐ謀殺をもってした。本来、光秀も幽斎も、粗野な織田家の諸将のなかでは例外的な教養人であり、とくに幽斎などは歌学では日本随一であったであろう。そういうかれらが、自分の攻略法のきたなさに、自分自身が傷つかなかったはずがない。とくに光秀という人の性格から察して、そうであろう。

むしろ、丹後を担当した幽斎のほうが、この当時公卿たちからも尊敬をうけた教養人でありながら、あるいはそれだけに、煮ても焼いても食えない面が、光秀よりはある。

幽斎はのち宮津と田辺（舞鶴）に城をきずいたが、丹後攻略中は、八幡山城という土地にむかしからあった城跡に仮設の策源所を設けて四方に兵を出していた。丹後というこの小さな国だけで彼がつぶした城が二十六もあってしかも一城を潰してもまた新城が別な山に出来るといったぐあいだったから、ちょうどアメリカが経験したベトナム戦争のようなものであったろうか。そのなかで最後まで抵抗したのが、竹野郡の地侍で高屋十郎兵衛という者であった。この高屋も、連繋する土着勢力がつぎつぎに潰されたので、細川家の家老米田助右衛門をたよって降伏を申し入れた。高屋もそのあたりは田舎者であった。最初の降伏者は優遇され、最後の降伏者は利用価値がないために殺されるという戦国の原則を知らなかったようであった。

そういう田舎者だけに、高屋にはおもしろいところがある。銭をもって行けばゆるされるとおもった。自分を銭で買うのである。かれは銅銭の穴にわらを通し、それをかついで八幡山城にのぼった。案内者は、米田助右衛門であった。城内に入ると、すぐ厩《うまや》がある。その厩から幽斎の子の忠興が、自分の馬を出そうとしていた。米田は、

「若君、ちょうどよいところに」

といって、降参人の高屋十郎兵衛がこのように銭をかついで神妙に詫びを入れております、といった。といって高屋は、べつに平伏はしていない。この代々の山林の豪族は傲然と突っ立っている。忠興はそのことにも腹が立ったのであろう、さらにはさ

んざんてこずらされたことについての怒りもあったかもしれない。

「米田、その高屋が首を後ろへ捻じむけよ」

と、どなった。米田はあっと承知して高屋の首っ玉にとびつき、首をうしろに捻じようとしたが、高屋はむろん抵抗した。ところが銭の束を右手にかかげたまま放さない。その右の高胴を、忠興は長国の大太刀をふりあげざま、力まかせに斬った、が、あばらにあたって刃がはねかえったため、すかさず米田が抜刀し、うつぶせに倒れた高屋の背を刺した。剣尖《けんさき》が地面を掘ったというから、串刺しであった。そのあと忠興はゆっくり太刀をあげ、その首を刎《は》ねた。このとき門外では、高屋の従者五人がなにも知らずに、地面にうずくまっていた。それを細川家の侍たちが取りかこみ、寄ってたかって膾《なます》にした。あほらしいともなにとも、言いようがない。

この高屋とその郎従が住んでいた丹後竹野郡というのはこんにちでも交通が便利とは言いかねる峰山半島の一部で、中央の情報にもうとく、その生活文化も時代意識もおそらく中世そのものであったであろう。織田氏が中央で勃興したということも、この桃源郷の人々にはどう受けとられていたか、かれらにすればそういう歴史像と対決したのではなく、自分たちの先祖代々からのところをまもるだけのために頑強に抵抗したにすぎないのである。が、後世の目からみれば織田氏の天下統一ということが巨大な歴史的命題であり（そうには違いないが）、その命題にまつろわざる在所々々の、弱者としかかれらの存在はあつかわれていない。古事記、日本書紀以来、さばえなす荒ぶる神々はみなこのように位置づけられてきた。

この丹後国の室町期の守護大名は、一色《いっしき》氏である。戦国期に入って各地に興った実力大名のために、六十余州の守護大名はほとんどが没落した。多少とも戦国大名の実力を持った家は、常陸の佐竹氏、甲斐の武田氏、駿河の今川氏、豊前の大友氏、薩摩の島津氏ぐらいのもので、たとえば信長の尾張の守護大名である斯波《しば》氏などは消滅してしまっており、家康の三河の吉良氏も有名無実になっていた。丹後の一色氏も実力こそうしなっていたが、しかし後進地帯だけに、土地のひとびとから、

「お屋形さま」

とよばれて、神秘的なほどの権威だけはのこっており、館を田辺にもち、別に防御用の城を宮津湾に突き出た岬にもっていた。当主を一色義道といったが、むろん累代の地方貴族で、一色の兵はわずか百人でこの危難をきりぬけるだけの力はない。細川軍が大挙して攻めてきたとき、かれは兵百人で城をふせぎ、やがて城をすてて逃げたが、結局は追いつかれて討ちとられた。このとき郎従三十八人がその場を去らず、ことごとく路上で戦死している。

この義道の子を一色義定といった。義定は相当な力量があったらしく、父義道とは

別に、弓木城という山城に籠って防戦した。この頑強な抵抗に細川幽斎・忠興も手を焼き、光秀に相談した。光秀も、当惑した。安土《あづち》の信長の意向は、つねに急であった。信長にすれば他の戦線とのふりあいからみて、丹波・丹後の攻略にこれほど時間がかかるようでは、他に支障をきたすのである。そういう信長からの圧迫が、光秀をあせらせ、結局は、謀殺の手を用いざるをえなかった。謀殺がフェアでないということは戦国のころでも十分認識されている。その案を出したのは幽斎自身なのか、それとも光秀が示唆したのか、そこはよくわからないにせよ、直接の担当者は幽斎であった。

一色義定あてに使者を出し、

「貴殿の弓矢のつよさには感じ入っている。ついては和睦《わぼく》したい。条件としては、貴殿の所領として、丹後五郡のうち竹野、中、熊野の三郡をみとめよう。私は与謝と加佐の二郡をもらえばよい。さらには一色・細川両家の睦《むつ》みのために、私の娘を貴殿にさしあげたい」

と、申し送った。この戦国期に、乱世にすれた東海道沿いの武将たちならこの程度の調略にはごまかされないのだが、一色義定はこれを信じた。むしろよろこんでこの条件をうけ、幽斎の娘を弓木城にむかえて、婚儀をあげた。

婚礼から三日目には、「婿入り」というものがおこなわれる。一色義定は供をひきいて舅《しゅうと》幽斎の居城である宮津城へゆき、書院において室町礼式どおりの儀式をおこなった。舅への贈りものとしては太刀と小袖、姑《しゅうとめ》へは小袖といったぐあいに義定は型どおりの品々を贈り、そのあと儀式に入った。この場合、儀式の出席者には定めがある。舅と姑、そして小舅（この場合、忠興）と新夫婦だけで、余人は入れない。盃の礼がある。舅三献《さんこん》、婿は二献、そのあと贈りものを出す。義定は盃をとって二献すべく唇をつけたとき、そばに着座していた小舅の忠興が跳びはね、抜きうちに義定の肩を斬り、胸まで斬りさげ、即死させた。忠興はさきにも高屋を殺し、こんども義定を斬ったが、この同時代の武将で自分で人を斬った経験が、忠興はもっとも多かったかもしれない。家康も秀吉も、戦陣と日常を問わず、生涯自分が太刀をふるって人を斬ったことはなかった。しかも、幽斎にとっては娘、忠興にとっては妹の面前においてである。その婿を斬った。これによって細川家の丹後十二万石が確定した。

昨年、丹後のこのあたりへゆき、宮津を足場にして一色家の遺跡でもさがそうかとぶらぶらしてみたが、なんとなく面倒になって宿にいる時間のほうが長くなった。そのとき、土地の人から妙な話をきいた。

むかし、丹後の地侍衆が籠ったであろう山村は、いまは過疎地帯になりつつある。みな高賃銀の太平洋岸に移ってゆくのである。ついに踏みとどまっているのは三軒かなんぞになった。

ところがそれをきいた太平洋岸のテレビ局が「ほろびゆく山村」といったふうのドキュメント番組をつくることになり、機械を積んで大挙してやってきた。現代の織田軍というべきものであろう。

戦後のこの種の番組は、特有のセンチメンタリズムを最初から型のように決めて、それにあわせて画面をつくってゆくようにおもわれるのだが、山村のひとびとはその主題のムードでの弱者に仕立てあげられ、そのあげく、

——離村式をやっていただけませんか。

ということになった。画面をもっとも感動的にするには、最後に残ったその数軒の連中が、山の鎮守さんに詣《もう》でて、涙の離村式をあげることであった。先祖代々村の結束の中心になってきた氏神も、この最後の離村者たち（かれらは離村しないのだが、そこは主題上、その役まわりになる）が山をおりてしまうと、鳥居も朽ち、社殿もやがてはくずれはてるであろう、といったふうの演技をするのである。結局、それをやった。この番組は好評で、全国の話題をうんだ。

哀れで滑稽なのは、この演技だけの離村者たちであった。彼等のもとに同情があつまり宮津の町でも評判になったため、あれはテレビから頼まれた演技ですとも言えなくなり、ついに残った者すべてが、山から消えてしまったのである。織田氏の天下統一が文明としての大命題であったとすれば、こんにちの太平洋岸の工業的繁栄もそう

であり、かつての織田軍のようにこの丹後の山村にのぼってきたテレビの撮影隊もそうであるであろう。

「あんた、テレビがですな、村を一つ消しやがったんですぜ」

といって、ふんがいしたその人の語気には、かつての一色氏の怨念がこもっているようでもあった。

どこの馬の骨

「どこの馬の骨」

ということばは、日本語のなかでもユーモアの滋養をたっぷりふくんだ、数少ない佳《い》い言葉のなかに入るのではないか。「広辞苑」をひくと、

――素姓のわからぬ人を罵っていう称。

とあり、元禄太平記の「よしよしいづくの馬の骨にもせよ」という例がひかれている。

徳川大名の先祖は、たいてい戦国に現われてくる。その連中の出自をしらべてみると、そのほとんどがどこの馬の骨だかわからない。これが明治のとき華族になって公《こう》侯伯子男《こうはくしだん》になったのだから、要するに日本の華族というのは、モトはどこの馬の骨だかわからないのである。日本歴史のユーモアは、そういうところにある。しかし蜂須賀侯爵家は、気の毒であった。この阿波の国主、明治後の侯爵家の苦のたねは、先祖がどこの馬の骨だかわからないということでなく（むしろそのほうがよかった）、真書

太閤記や絵本太閤記などの諸本によって、その始祖蜂須賀小六（彦右衛門正勝）が泥棒の頭目だったように語られていることなのである。

明治帝は、ユーモリストとして相当なものであったらしい。蜂須賀侯爵と話しておられて、ちょっと中座された。侯爵がふと卓上をみると、いい煙草がある。一本頂戴して火をつけたが、しかしもうすこしほしかったので、何本かつかんでポケットに入れた。

ほどなく明治帝が席にもどって来られた。帝は卓上の煙草入れの様子が変わっているのに気づかれ、いかにもおかしげに、

「蜂須賀。先祖は争えんのう」

といわれた。

江戸後期からの太閤記ばやりが、蜂須賀侯爵家にとって不幸なことに、明治帝にまで知られるほど、小六を有名にしてしまったのである。

九鬼《くき》子爵家は、江戸期では一軒は三万六千石と他の一軒は一万石の大名で、戦国期の初頭は熊野九鬼ノ浦に根拠地をもっていた海賊であった。それも成りあがりの海賊だったらしいが、永禄年間、鳥羽《とば》港に城をもつ大井監物《けんもつ》という古株の大海賊の根拠地をおそい、その付近三万五千石をわがものにしてしまった。が、九鬼氏は江戸時代もその後も、海賊であったことをむしろ誇りにし、いまも私の知人の丹波綾部《あやべ》の九鬼氏

の御当主は骨太な熊野人《びと》の骨柄をそなえておられ、しばしば、

「先祖は海賊ですわい」

と豪快に笑われる。ちょうど英国の王室が海賊の頭目であったことを恥としていないのと同様、野盗にくらべると海賊というのはどうもかっこうのよさがちがうのであろう。蜂須賀家はまったくのところお気の毒である。


蜂須賀家はよほど気にしたらしく、昭和のはじめ、その「俗説」を正すべく、まず御大典を機会に、始祖蜂須賀小六に対し、従三位を追贈してもらうとともに、渡辺世《よ》祐《すけ》博士に依頼し、家蔵の古文書をあげて提供して「蜂須賀小六正勝」（昭和四年発行・雄山閣）という伝記を書いてもらった。渡辺博士はその伝記の序にもあるように、

「才識高邁《こうまい》であって調和性に富み、穏当なる人物」

として、小六を描いた。なにぶん資料がとぼしいため、ずいぶん苦しい伝記になっているが、渡辺博士がいうように、小六は調和性に富んだ人柄であったらしく、秀吉によく信頼され、秀吉が天下をとるまでのあいだ、謀臣として四方に使いをし、家老の位置にいる。ただし「才識高邁」というのはちょっと言いすぎで、その証拠はない。


講釈だねとしての太閤伝記は、江戸後期にできた「真書太閤記」がもっともおもしろく、もっとも記述が豊富である。

そのなかでの最も圧巻は、猿々とよばれていた秀吉の流浪の少年時代、矢作橋《やはぎ》の上で寝ていると、盗賊蜂須賀小六がおおぜいの手下をつれて渡ってくる。小六は少年秀吉の足を踏んで行きすぎようとした。秀吉起きあがり、以下「真書」の文章を借りると、

日吉丸、起きあがり、さてさて無道人かな、大人小人貧富の差あれどおなじく人間なり。なにとて一言の会釈をもせざるや、ととがむれば、政勝（正勝・小六）の従者あざけりて（中略）……どつと笑ふ。日吉丸、橋は往来のためなり、我も往来の人なり、さらば我も橋のあるじなり、あるじが臥《ふ》したるをそこつと言ふ事やある……政勝これをききて、小ざかしく口きくものかな、頰輔車《つらかまち》も人なみならず、ただ者にあるべからず、この国（三河）の者か、と言ふ。

というようなことで、小六の配下になる。小六とその徒党はこの夜、岡崎の富家に押しこむのだが、そのとき秀吉は柿の木をつたって門内に入り、内から門をひらいて小六らを誘い入れた、小六らは財宝をうばって去った、ということになっている。まったく、蜂須賀侯爵家としてはこまるのである。

元来、子孫というものが先祖に対して責任をもつ必要はいっさいない。私どもこの

世に一人存在しているのは、三百数十年前までさかのぼれば、その間《かん》、どれだけの血縁者を持つか、数学的に計算したこともないが、おそらく五十万人や百万人ではきかないであろう。それら無数の連中がやったであろう窃盗、殺人、姦淫、かどわかしから盗み食い、浮気にいたるまでそれをすべて子孫がひっかぶって気にせねばならぬとすれば、それはすでに立派な狂人であろう。しかし、われわれ庶民とちがい、蜂須賀家のばあい、大名として、または華族としての成立が小六に発しているため、気にせざるをえないのである。徳川大名や旧華族というのは、歴史という本来過ぎてしまったもの、つまり空《くう》なるものを実《じつ》なるものとして仮に成立させ、それを利権化し、法制化してもらってやっと存在した奇妙な稼業なのである。そのためには蜂須賀小六は「才識高邁」なる人物でなければならず、野盗のたぐいであっては、阿波二十五万七千石の太守として士民に臨むことができず、明治憲法国家の侯爵家として、皇室の藩《はん》屏《ぺい》たることはできにくいのである。

この一事だけでも、大名や華族というものが権力構造の都合でできたフィクションであることがわかるし、大名が明治維新で一瞬に消え、さらにアメリカ軍の日本進駐で華族が一瞬で消えたのも、結局はそれが虚像であったことの証拠であろう。こうはいうが、私はその虚像が、虚像だからいけないというわけではない。人間の社会のシンは、ひょっとすると大いなる虚構でできているのかもしれず、人間の精神がもっとも昂揚するものは虚構であるかもしれない。中国における毛沢東という虚実の存在が――それも実像よりも虚像のほうが――どれほど中国人を鼓舞しているかわからない。蜂須賀家という阿波二十五万七千石の小天地をつくりあげた小さな毛沢東が、いわば蜂須賀小六であった。それが盗賊である、という点でわれわれは明治帝と同様、大きなユーモアを感ずるのだが、しかし当の蜂須賀家にとってはたまるまい。

そういう場合、蜂須賀家はひらきなおって、

「他の大名の始祖も、どこの馬の骨だかわかるもんか」

と、吼《ほ》えに吼えてしまえばそれで精神医学でいう通利療法《カタルシス》が成立して溜飲がさがるはずなのだが、それではかんじんの貴族というこの虚構世界がその一声で消えてしまって、みもふたもなくなる。

しかし結局は、そう吼えるしかない。蜂須賀侯爵家から伝記執筆を依頼された渡辺世祐博士も、「蜂須賀小六正勝」のなかで、

「徳川氏が、縁もゆかりもない新田氏の子孫と称し、島津氏、大友氏が、実際には他姓でありながら、源氏に縁をつけるために源頼朝の後《あと》としたなど……」

と、この馬の骨の一声を、野太く吼えておられるのである。

さて、蜂須賀小六ははたして盗賊だったのかどうか。

それは小六に訊《き》いてみなければわからない。

むろん、真書太閤記の矢作橋のくだりはうそである。当時、岡崎の矢作川に矢作橋などはかかっていなかった。従って、あの真書太閤記の、見てきたような情景はなかった。そのことを、渡辺博士も、矢作橋がなかったということを中心に考証され、否定されている。しかしながら、矢作橋がなかったから小六は盗賊ではなかった、とは論理的にはいえないわけで、このあたり、非常にくるしい。

尾張国海部《あま》郡に蜂須賀という地名がある。この地名を姓とした豪族が、すでに鎌倉期の末ごろからあらわれているらしい。南北朝に蜂須賀親家という者が南朝に属し、その功によって丹波や肥後に領地をもらい、その両国に土着した。このことは肥後蜂須賀文書などで、たしかである。

だから尾張には蜂須賀姓の筋目は残っていないはずだが、しかしその蜂須賀とはべつなのかどうか、その姓を称《とな》える者がたしかに存在した。それが、小六の先祖らしい。あるいは南朝蜂須賀の筋目を勝手に踏襲したのかもしれない。そういうことは悪党（実力でなりあがった豪族）の横行した室町期の地方々々にはざらにあった。

いずれにせよ、蜂須賀侯爵家が、江戸初期に幕府にさし出した系図では、

「そのさきは源頼信より出《い》づ」

と、清和源氏の筋目ということになっている。やがて足利義兼になり、その子孫が

室町期の尾張国の守護大名斯波氏になり、その支流が蜂須賀に土着して、やがては蜂須賀小六になるということになっている。

徳川時代の大名の家系図などはじつにあやしく、渡辺博士もそのことを指摘しつつも、

「しかし蜂須賀家の系図は、ほぼ誤りはないようにおもわれる」

という意味のことを書いておられる。べつに根拠はないが、しかし系図などは科学的な世界ではないから、そのように言っても人畜に決して害はない。

私など後世の者にとっては、小六がどこの馬の骨であろうとかまわないが、しかし小六の働きはおもしろい。

秀吉が藤吉郎といった織田家の下級将校のころ、織田家の敵国である美濃に対して謀略的な滲透《しんとう》を試み、その成功が信長によって大いに買われ、藤吉郎の出世のスタートになるのだが、かれはこの謀略的滲透をやるについて、小六とその影響下の野伏集団を活用したという着眼がおもしろい。藤吉郎の身分では十人ほどの正規兵をうごかせる程度であろうが、小六のようなアウトサイダーが存在することに着目すれば、五百人でも千人でも動かせるのである。そういうアウトサイダーがこの当時の尾張に多数存在したということがおもしろい。この藤吉郎の謀略戦は、いわゆる墨股《すのまた》の一夜城で大成功するのだが、この一夜城の守備兵になったのは、織田家の正規兵ではなく、

小六らの集団であった。日露戦争のとき、満州の現地で福島安正少将が謀略担当者になり、花谷少佐などをつかって満州馬賊を味方にひき入れ、ロシア軍の後方を撹乱させたようなものである。その頭目が、小六であった。

さらに小六のおもしろさは、秀吉が織田家の軍団長になってから、野戦攻城よりもむしろ、敵の城主を懐柔したり、新領地の土豪たちを安心させたりする仕事に大いに器量を発揮することである。この男は出身で想像されるような粗暴者ではなく、人徳で相手を安心させてしまうような長者の風《ふう》があったことであり、そういういわば豊かげな器量からみても、小六は単純なアウトサイダーではなかったことがわかる。小六が、藤吉郎の縁で織田家に仕えたのが、四十歳であった。

これほどの器量人で、しかも四十になるまで志を得ずに野をうろついていたという小六の半生の重みは、かれが清和源氏の筋目であろうがなかろうが、そういううそくさいレッテルなどは吹っ飛ぶほどのものがあるであろう。

幻術

煮ても焼いても食えぬ悪党というのが、戦国人松永弾正《だんじょう》久秀（?〜一五七七）の印象だが、しかし案外そうではないかもしれない。

この弾正が、大和国をおさえて同国佐保山の多聞城にいたとき、幻術使いの果心居士《かしんこじ》が般若坂《はんにゃざか》をのぼってこの城にやってきたことがある。

弾正が引見し、雑談をするうちに夜になった。弾正というのはよほど話好きであるらしい形跡がある。

「恐怖とはなにか」

ということが、話題になった。ひとによって勇怯の差があるが、

「わしは格別な人間かもしれぬな。その証拠に若いころから戦場を往来して白刃をまじえたことは数かぎりなくあるが、一度も恐れをいだいたことがない」

と、弾正は誇った。たっぷりと法螺《ほら》がまじっているであろう。もともと弾正とはそういう男で、天下でわれほどえらい者はないという異常すぎるほどの自尊心で自分を

支えているようなところがある。

「なるほど、殿は勇者におわします」

と、果心はさからわない。この出自《しゆつじ》さだかならざる怪人は、平素は山林に棲んでいるようだが、しかし京の公卿や奈良の門跡《もんぜき》などの屋敷に出入りすることもきらいではなく、そのためこの時代のあやしげな術をつかう連中のなかでは、後世に名前がもっとも濃厚に残った。つまり連歌師などと同様、一種の旅の幇間《ほうかん》のようなものだから、主人の機嫌を損ずるようなことはしない。

「どうだ、おれをおそろしがらせることができるか」

と、弾正がいったが、果心は一礼し、上目で弾正を見あげながら、とても左様な術は持っておりませぬ、術も所詮は人間がつかうものでござる、人間には分《ぶん》がござって、それがしの分ではとうてい殿のような大器量人をおそろしがらせるような術がつかえませぬ、といった。

「そういうものか」

弾正は気味よげに笑った。なるほど怪物といえば弾正のほうがはるかにうわ手に相違ない。

天文年間、諸国で群雄が相争い、京が捨てられたも同然になっていたとき、阿波国主の三好長慶が海をわたって京をその軍政下においたことがある。弾正はもともとその三好氏の家来であった。ところが持ち前の才覚と胆略で長慶の心をつかんでのしあがり、やがて長慶の家老となり、ついには三好をしのぐ勢いになった。三好氏の勢力を殺《そ》ぐためにまず長慶の子の義興を毒殺した。父親の長慶はそのために心が衰え、やがて大病を病んだ。このとき弾正は長慶の死を早めるためにあらぬうわさを長慶の耳に入れ、心痛させ、やがて憂死させた。このうわさは天下にひろまり、織田信長もよく知っていたらしい。弾正が一時信長に歓《かん》を通じて臣従したころ、また年若の徳川家康と同座したことがある。信長は、家康に弾正を紹介した。その紹介のしかたがむごいばかりであった。

「三河殿（家康）はこの老人をごぞんじあるまいが、これは松永弾正と申し、世上の人のなしがたきことを三度までした仁《じん》である」

と、信長がいった。ひとつは主人三好氏をそそのかして足利将軍義輝を殺したこと、一つは主人三好義興を毒殺したこと、いまひとつは奈良の大仏殿を焼きはらったことでござる、と信長はいった。

弾正は座に居たたまれなかったであろう。

――松永大いに赤面致し、迷惑しごくの体《てい》であった。

と、「落穂集」にある。この話は、家康の晩年を知っている土井利勝が、家康の夜話のときにきいたらしいことを、土井が大野知石に語り、大野がこの「落穂集」の筆者大道寺重祐へ語ったという経路になっている。

　のち弾正は信長にそむいて城を焼いて自殺するのだが、この果心居士を城によんで夜ばなしをしていたときは信長に臣従する前だが、しかし信長がかぞえたてた三大悪事はぜんぶやってのけたあとのことであった。世間も知っているし、果心もむろん知っている。なるほど弾正はみずから言うとおりおそろしいという感覚の欠けた怪物であろうと、果心という怪人は怪人なりに思ったにちがいない。

　ことに弾正は大仏殿を焼いて大仏をどろどろに溶かしてしまったほどの男だから、神仏という超自然力におびえる男ではない。この点、催眠術師にとってはにが手の相手であり、さらにはたとえ催眠術にかかっても、世の人がもっとも尊貴とするところの将軍を殺してしまった男だから、果心が将軍を亡霊にして幻出させても、弾正はすこしもおそれないにちがいない。主人の三好長慶や義興の亡霊を出しても、弾正は、

　——迷うたか。

　などと大喝して、刃物でも抜いて斬っぱらってしまうかもしれない。果心としては結局、あなたさまにかかってはそれがしごとき者の術は無力でございます、とお世辞でも述べあげて数日の馳走にありつくほうが利口であろう。

　果心は、数日滞在した。

　ところが弾正はまだ右の思いつきをすてないのである。

——おれを怕《こわ》がらせてくれ。

という。何度もいううちに、弾正は自分でこわがりたいという気持をそだててゆき、十分に催眠術にかかる支度をととのえてしまったのかもしれない。

果心はそうとみて、ある夜、

「それほどおおせあるならば、近習《きんじゅう》のひとびとをおしりぞけくださいますように。さらには刃物はご無用でございます。お腰のもの、おそばの太刀のたぐい、すべて遠くのお部屋までお移しくださいますように」

と、要求した。要するに寸鉄を帯びず、燈火を消し、身ひとつでそこにおれ、と果心はいうのである。

で、当の果心は立ちあがった。ひろい部屋に弾正をひとり残して広縁のほうへ遠ざかり、やがて背が低くなった。庭へ降りたのであろう。そのあと庭のどこやらへ消えてしまったらしい。いつか、月が掻き消えている。

とみるまに雨気が満ち、かすかに雨が庭の樹石を濡らすらしい気配がつたわってきたかとおもうと、広縁に人がすわっていた。弾正が見すかすと影なのか人なのか、よくわからない。さらに目をこらすと、痩せおとろえた女性で、髪ばかりが長く、肩で息をしている様子が弾正の目にもみえ、しかもひどくくるしげである。それが立ちあ

にて。

がるともなく立ちあがり、やがて弾正のそばに近づいて、すわった。妻であった。

五年前に亡くなった妻が出てきたのである。しかも唇をひらき、

——今夜はまた、いかがなされたのでございます。おそばに人もなく、いと徒然《つれづれ》げ

と言い、さらに物語をはじめた。弾正は総身の毛が立つばかりに慄《ふる》えあがり、たまりかねて、果心々々、と虚空《こくう》へ叫び、

「やめよ、やめよ」

というと、女の声音がすこしずつ変わって、やがて果心居士の声になった。弾正の前にすわっているのは、女ではなく果心だったのである。

弾正は手をたたいて近習をよび、あかりをいつもより多くつけさせ、部屋から闇を追いはらってほっと息をついた。

という話が、「醍醐《だいご》随筆」というものに載っている。うそか本当か、保証のかぎりではないが、本当とすれば、弾正はどうせ将軍義輝か三好長慶、義興といった連中の亡霊を果心が出してくるとおもったのであろう。そのつもりで身構え、もし出てくれば、生来の闘争心をふるい立たせてその幻覚をねじ伏せ、義輝や長慶を吹っ飛ばして追いちらす自信があったのにちがいない。

ところが果心は弾正の意表をついた。その亡妻を出してくることによって、弾正の

構えをくじいた。弾正のような男は敵があってこそふるい立ち、そのふるい立ちがあってこそあらゆる悪事も、たとえば猟師が大鹿を追ってそれに矢を射こむこととほぼかわらぬ精神をもってやってのけることができたようなものだが、しかし敵ではない者があらわれた場合、闘争心という弓矢はなんの役にも立たず、そのあたりの児女のようにただおそれ慄えて、夢中で果心の名をよんだのであろう。さらには、弾正は五年前に病死したその妻を愛していた。彼女が死んだときこの男らしくもなく声をあげて悲しんだのだが、それだけにその亡霊の出現は恐怖だったのかもしれない。敵に対抗することによってつくられて行った弾正という男の精神にとって、この世で敵でない唯一の存在であったであろうその妻の亡霊には対抗するすべがなく、ただ慄えるしかなかったというのが、おもしろい。もし果心がそのあたりの頼りなげな農夫をつかまえて幻戯《めくらまし》をかけてみせ、この場合と同様その農夫の亡妻を出してやったとすれば、農夫はべつにこわがりもせずに場合によっては衾《ふすま》をともにすべく抱きついたかもしれない。

松永弾正は天正三年、信長にそむき、いったん降伏したがふたたび絶望的な戦いをいどみ、同五年九月十日、その居城の大和信貴山《しぎさん》が落城し、自殺した。

その晩年は中風を病んでおり、中風に効があるという百会《ひゃくえ》の灸《きゅう》をするのが習慣にな

っていた。死の前、

「灸をせい」

と、小姓に命じた。ひとびとは、どうせいまから自害するのに灸は要るまい、とおもったが、弾正というのはそこは戦国風のカッコヨサの精神を最後までわすれなかったのであろう。世間にその末期《まつご》のことばが伝わることを意識して、

「いかにもおかしいであろう。しかしわしは日頃中風をわずらう。いま死にのぞみ、腹を切るべき刃をもちながらもし中風を発して死にざま汚くなれば、今生《こんじょう》においてせっかく積みあげた武勇の名が徒《いたずら》になってしまう。勇士たる者は快く死に就くものだ」

と、悠々灸をし、そのあと起きあがって衣服をくつろげ、十分に腹を露わし、刃を突き立てた。その生涯といい、最期といい、いかにもこの時代を象徴する代表的な男というにふさわしい。

果心居士と弾正とのあいだに右のような次第があったかどうかはべつとして、果心居士そのひとはどうやら実在の人物であるらしい。証拠というほどのものはないが、江戸初期にかかれた伝聞集や随筆などによくあらわれてくるところをみれば、実体はどういうものであれ、存在したことはしたような気がする。

最後には、関白秀吉も引見しているというが、これは本当かどうかわからない。

やはり女を幻出してみせたという。ところがその女は秀吉の記憶の中にのみあり、他人に語ったこともないという女で、秀吉はおどろき、こういう怪人を生かしておくことを怖れ、ハリツケの刑にしたという。ところがこの稀代の催眠術師はハリツケ柱の上でねずみに化《な》り、さらにとびになって舞いあがって空のはてへ消えたというが、この秀吉との対面から処刑、さらにはとびになるというハナシは、むろんこしらえごとにちがいない。

要らざる金六

江戸開府のころ、江戸本町一丁目の陋巷《ろうこう》に金六とよばれるいわば下郎が住んでいて、家康をよく笑わせたらしい。

開府早々の江戸城というのはまだ粗末なもので、大手門などといっても、ごく実用的な作りであった。その門外に金六はいつもうずくまっている。家康が行列を組んで外出するというときは、声をあげ、大げさに平《へい》つくばった。それが、金六の趣味だった。年の頃は六十歳以上の年配で、稼業は息子にでもやらせていたのだろうか。稼業は、講釈の一心太助のように魚屋なのかどうか。

家康も、金六の顔や名前を覚えてしまっている。金六をみると、乗物の戸をひらき、

「金六」

と、声をかけ、可笑しさを隠しきれないといった表情で微笑《わら》った。

この微笑を金六は待っていたかのように飛びあがり、行列の先頭へゆき、行列を先導するのである。それも、青竹で地面をやかましくたたきながら、左右の町並みを交

互に睨《ね》めまわしてどなってゆくのである。

「上様の御通りであるぞ。町の者ども、おがみ奉れ」

べつにこういう宣伝屋を家康が傭っていたのではなく、あくまでも金六の趣味なのだが、しかし関東入部早々の家康としては、この男の存在は政治的に無意味ではない。関東はそれまで小田原の北条氏のものであり、一時期、越後の上杉謙信に靡《なび》いたこともあって、これまでまったく無縁だった家康としては、地下《じげ》の者のうけについて多少の気は使わねばならない。それに、家康の側からいえば廉《やす》いものであった。

「金六」

と、声をかけてやるだけでいいのである。金六のほうも、自分の道化役としての効果をすこしは自覚していたようであった。

この話は、『慶長見聞集』に出ている。

これだけの話である。

多少の尾ひれがついていて、地下の者は、はじめ、金六というこの元気のいい老人をうらやましがったという。上様にあれほど愛されていて金六は結構なことだ、もしあの男が侍身分なら、うんと御加増などがあって、まことに果報なことになるに相違ない、ということである。もっとも金六が侍でないために、話に可笑しみが付く。

「金六は、三河岡崎のうまれだろう」

という憶測もあった。三河岡崎のころから家康と顔なじみで、家康が関東に入ったとき、金六もついてきた、という。

こういうことで、金六は人気者になり、かれの居住する界隈から近隣の町々まで知らぬ者がないほどの存在になった。なかにはあわて者がいて、金六に付け届けなどし、万が一、お上から御叱りを受けた場合、金六を頼もうと考えたりした。

そのうち、金六は増上慢になってしまった。町で喧嘩などがあると金六は駈けつけ、いきなり双方の頰《ほお》げたを一つずつひっぱたき、

「やめろ、このおれを誰だと思う」

と、激しくきめつけ、やがて声をやわらげて仲裁した。殴られた両人ともこの白髪頭の小男のしたり顔に腹が立ったが、しかし抗弁すると、金六の背後に家康という、関八州の太守が付いている以上、どのような仕返しを受けるかわからない。みな泣き寝入りした。

金六は一種の権勢者になった。

日没をすぎると、町々を巡視してまわるのである。辻々に辻行燈がある。町内の火《ひ》番《ばん》が、一定の刻限に点《つ》けたり消したりしているのだが、それがおこなわれていないと金六は大声でわめき、

「この町内には月行事（月々の当番）がおらぬのか。なぜ火番にやかましく申し付け

ぬのか」

と、家々の戸をたたいてどなりまわり、しまいには、このように懈《げ》怠《たい》するにおいては大家《おおや》をばからめとってしまうぞ、とわめいた。この言葉におどろき、「すわ、御奉行所の衆のおとがめか」とおもい、町内の者があらそって路上に出ると、そこに立っているのは金六である。みな拍子抜けがし、同時に腹が立った。金六に何の権限があるのか。しかし、口には出せなかった。

夜、一定の時刻になると、町内々々を仕切っている町木戸が閉められる。盗賊をふせぐための仕組みで、どうやら堺の町からはじまったものらしい。金六はその町木戸を開けさせて巡回するのである。大刀を肩にかけて夜の町を歩く。

「大かたなを肩に打懸《うちか》け、年は七十に余り、白かしらをふって毎夜町をまわる」

それが、金六である。

戸をおろしていない不用心な家が多かった。そういう家の前にくると、金六は抜刀し、

——町の者ども、出会え。この家《や》の内に盗人《ぬすびと》が入ったぞ。出会うて討ちとめよ。

と、路上を踏みとどろかせて駈けまわるうち、この声におどろいて四方の町々が動揺し、手槍や刀を打ち出す者、棍棒を持ち出す者、松明《たいまつ》をかざす者など、あまた駈けてくるうち、やがて叫んでいる者が金六であることがわかって、一同、腹を立てるの

である。

金六が去ったあと、みな口々に、われらも町人、金六も町人ではないか、町人が町人を怖れるなど理法にはない、金六のような者は早く死んでもらいたいものだ、と言うと、家主がつよくたしなめて、もしそういう悪口が金六の耳に入ると、お前たちは牢に入れられるぞ、金六はあれはあれで上様に対して忠義者なのだ、忠義のために夜ごと町まわりをしているのだ、二度と悪口をいうな、といった。

「要《い》らざる金六」

という言葉が江戸で流行した。たれかが、ひとから頼まれもしないのに横合いから差出がましく物事をするのを、要らざる金六、と言うのである。

もっとも金六も大変だった。この権力を維持するためには、毎朝、大手門外でうずくまるという、ひとには出来ない芸をやらねばならないのである。家康の外出は月に何度あるのか、家康が出てこないときでも、金六はうずくまっている。出てくると、例によって尻を盛《も》っ立てて、額《ひたい》を地にこすりつける。家康は微笑し、

「金六」

と、乗物の中から声をかける。このやりとりのそこはかとない気分の中に、庶民金六の同類の庶民に対する大権力が成立するのである。

この時期の家康は、関八州の太守とはいえ、豊臣家の大名にすぎず、まだ厳密には

上様（将軍への尊称）ではない。しかしかれの府内では庶民も上様とよんでいたのであろうか。秀吉の死後、かれの家臣団は家康のことを公然と上様呼ばわりするようになり、そのことで大坂城の豊臣秀頼の側近衆を不快がらせるようになるが、関東では早くからその呼称がつかわれていたのかもしれない。

この話は、家康に即して考えれば、かれの人格を理解する上で、悪材料ではない。事歴や言行の上からみると、家康というのはどうにも愛嬌がなく、肚の中で複雑な政治的計算ばかりしている男のようにうけとれるし、事実そういう面がつよかった。しかし三河衆が家康の窮迫時代からあれだけ熱心にかれを奉じてきたというのは、どこかひとに愛される可笑し味がなければならないが、この挿話には、多少そのことが匂っているようにも思える。

「うるさいやつだ」

と、家康がいってしまえばそれっきりだし、あるいは、利用価値もない地下のおっちょこちょいなどと黙殺してしまってもかまわないのだが、毎度おかしがって金六に声をかけるあたり、棟梁《とうりょう》として必要な俳味のようなものが家康の人柄にあったのであろう。

この話を金六に即して考えると、江戸という、諸国からの雑多な流入者でもってにわかに成立した政治都市にあって、当然出て来ざるをえない江戸的俠客の祖型のような要素を持っている。より洗練されれば花川戸助六になり、より滑稽化されたかたちでは一心太助になる。さらにはこの機能が職業化されると、江戸の各町内で旦那衆の御用をつとめていた鳶《とび》の頭になってゆくともいえそうである。あるいは、そう七面倒に考えずとも、金六はいまなおどの世界にも居そうで、そしてどの世界でも金六は、「要らざる金六」として、蔭で憎まれているような気もする。

ある会津人のこと

先日、思い立って会津若松へ行った。私が住んでいる大阪からは、会津という土地はいまなお遠い。以前は、東京で一泊して息をついたあと、上野から汽車に乗った。

こんどは、新潟までは飛行機で行った。新潟と会津とはちょっと方角違いのようだが、しかし新潟市郊外の阿賀野川をさかのぼってさえゆけばその水源が会津だという耳よりな地理知識を、会津若松市の旧知のM氏が教えてくれたので、その経路をとることにしたのである。

新潟空港には瀟洒《しょうしゃ》な空港ビルができている。小さいながらも国際空港で、昨年この空港ビルをくぐりぬけてシベリアへ行ったことを思いだした。新潟から阿賀野川をさかのぼって会津へ入ることは、むろんシベリアへゆくよりも時間がかかる。

会津若松では、前記のM氏と久闊《きゅうかつ》を叙しあった。私から持ちだした話題のほとんどは秋月悌次郎《ていじろう》のことで、これはM氏に会うたびにつねにそうであることに気づき、途中でわれながらおかしくなって笑ってしまった。M氏は四十過ぎの年齢で、いかにも会津人らしく謹直なひとである。私は自分自身をおかしがっているのだが、M氏はその笑いには乗って来ない。きまじめな調子で、

「秋月韋軒《いけん》（悌次郎の号）のことをお書きになるのですか」

と、私にきいた。「とても、そんな」と私は手をふった。以前にもこんなやりとりをM氏との間でかわしたことがある。秋月悌次郎は、とてものことながら小説に書けるような個性や、特異な思想をもっていた人物ではない。篤実な性格をもち、他人に対しては遠慮ぶかく、独り居ても自分を慎《つつし》むような人で、その性格のままの生涯を送った。

幕末の乱世にうまれながら、その乱世に気負《きお》いたつような浮かれ性《しよう》がなく、そのくせ幕末の歴史におけるもっとも劇的な職務についていた。文久三年という、京都がもっとも革命的緊張のなかにあった時期に、かれは京都における会津藩公用方の一人として藩外交の実務についていた。そういうきわめて権謀的な職掌にありながらかれは区役所の水道担当者の技術職員のように一見無感動な態度で執務した。それだけでなくのちに会津若松城が官軍の攻囲に屈したとき、降伏のための藩外交を担当したさいも、おなじような態度で終始した。秋月悌次郎をぜんたいとして言ってしまえば江戸末期の典型的な知識人であり、明治後も、敗れた側として新政府に反撥するわけでも

なく、その保守的教養や倫理観のわくのなかで謹直に暮らし、やがて老いた。そういう人物だけに、小説に書けるような存在ではない。

しかしそれでもなお気になって、会津若松にゆくたびにM氏をつかまえては秋月韋軒を語ったりするのは、私が勝手に秋月の中に平均的会津人を見出してしまっているせいなのかもしれず、あるいはそれ以外に、私自身が気づいていない理由が、秋月悌次郎の側にあるのかもしれない。

私が行ったとき、市の会館で「明治戊辰《ぼしん》のあとさき」という展覧会をやっていて、会場に秋月一江《いっこう》氏が来ておられた。一江氏のお名前は早くからきいていたが、勤務先が会津若松市から三十キロほど北へ離れた喜多方市の高校だったためにその機会がなかった。氏は、悌次郎の子孫にあたられる。

会場に大屏風が展示されていて、江戸末期の会津若松城下が克明にえがかれている。私は一江氏をつかまえて、悌次郎の秋月家はどのへんにありましたか、とたずねてみた。一江氏は竹棹《たけざお》をとりあげ、しばらくその先端を漂わせていたが、やがて外堀に面した一点をトンとたたき、

「このあたりです」

と言われた。そのあたりは城廓から遠く、一般に徒士《かち》階級の住んでいた界隈《かいわい》で、悌

次郎もそういう身分に属していた。会津藩はその瓦解《がかい》まで身分関係がやかましく、たとえばやがて仇敵の関係になる長州藩がさかんに下級の人材を政務の座につかせたのにくらべ、登用ということはまずまれであった。悌次郎の場合は数すくない例外かと思われる。

長州藩の場合、登用の条件として当人に機略の才があるとか、藩の産業に一見識があるとか、あるいは洋学を身につけて世界的視野をもっているとかという例が多いが、会津藩が期待した秋月悌次郎における条件は、もっとせまい。

悌次郎なら京都に出て他藩の連中とつきあいができるだろう、という程度のことだった。

会津藩松平家は、徳川の家格制度では、いわゆる御三家とともに将軍家の一門のあつかいをうけている。このため老中や若年寄になるというふうな幕政に参与することはなかった。幕政に参与するのは徳川家にとっての使用人の家――井伊とか酒井とかという譜代大名――がやることで、「御家門」である会津松平家はそういう番頭《ばんとう》・手代《てだい》の仕事に対してごく貴族的に超然としていればよかった。中央政治についての無経験が江戸期いっぱいつづいたということが、この藩を世間知らずにしていた。

幕末、京都が騒然とした。

文久年間になって幕府は京都に強大な治安機関を置こうとし、それを京都守護職と名づけ、会津藩に命じてその任につかせた。

会津藩は藩主松平容保《かたもり》以下、この職につくことをきらい、再三幕府にことわった。ひとつには御家門としての誇りもあり、誇りと同時に未経験なことはやりたくないというおびえもある。さらには幕府の衰弱ぶりは奥州の会津にも伝わっていて、薩長が牛耳《ぎゆうじ》っている京都で火中の栗を拾わされるはめになるのはかなわないということもあったらしい。それでも幕命は否《いな》みがたいと決まったとき、城内の広間で君臣ともに泣いたというから、のちの悽惨《せいさん》な会津藩の運命は、世間知らずのこの藩でもなにか予感されていたようでもある。

そういう事態のなかで、秋月悌次郎が、抜擢《ばつてき》された。藩としては京都にゆけば公用局を設置しなければならない。公用局は、藩外交をつかさどる。外交といっても実際の業務としては他藩の公用方と京都の酒楼で酒を飲み、情報を交換しあうことであった。実際には情報の交換などあまりなく、毎晩酒を飲むだけのくだらないものだった——ということは、この当時、一橋家の公用方として京都に出ていた渋沢栄一が、たしか『徳川慶喜公伝』の中で書いている。秋月も、そういう役目としてえらばれた。

抜擢の理由は秋月に機略縦横の才があるということでなく、むしろ無さすぎるほどだった。理由は、かれが会津藩のなかでは多少とも世間を知っていたということであろう。

秋月は藩校日新館の秀才であったために十九歳のとき藩費で江戸留学を命ぜられ、幕府の大学である昌平黌《しょうへいこう》に学んだ。それも十年以上も在校した。昌平黌のぬしといってよく、ついには寄宿舎の舎長になり、学生身分ながら幕府から手当まで出たといわれている。昌平黌には諸藩の者がくる。このために、秋月の知人は全国にできた。その後、三十三歳で昌平黌を去ってから、諸藩の知人を訪ねて九州旅行もした。こういう経歴が——西国の雄力藩ならなんでもない経歴だが——世間せまい会津藩としては稀少で、選考にあたって魅力的だったにちがいない。同時に奥州訛《なま》りがすくなくなっているということもあったであろう。

文久三年前半期の京都は、三大勢力が鼎立《ていりつ》していた。討幕を露骨に打ち出している長州藩と、保守家で、この時期とくに英雄的気負いがつよかった島津久光の指揮下にある（西郷隆盛は流謫《るたく》中だった）薩摩藩と、それに幕府の正規の治安機関として京都に最大の兵力（千数百人）を常駐させ、浪士結社の新選組を支配下に置いている会津藩とが、それである。

薩摩藩がどういう政治的志向をもっているのか、正体がよくわからなかった。

この時期以前の薩摩藩外交には西郷の印象がつよく、長州とともに革命的——とまでいえなくても抗幕的であるとされた。が、西郷が流されて久光が主導しはじめると、攘夷は攘夷ながら、国内問題では佐幕であり、とくに秩序維持の指向がつよく、過激な浪士たちの期待を裏切った。要するに外部からみればえたいが知れなくなり、長州の木戸孝允《たかよし》などは理解に苦しんだあげく、本気で「薩の本意は島津幕府をつくることにあるのではないか」と猜疑《さいぎ》した。

のちに久光がひっこんで西郷が登場し薩摩藩を主導したときも、木戸は西郷をも久光同然としてうたがい、木戸の西郷への猜疑は生涯ぬけなかった。木戸には見えなかったが、要するに幕末の京都外交における薩摩藩は投手が交代しているのである。第一期は西郷で、第二期は久光、そしてぎりぎりの討幕期になると西郷が登場し、時期ごとに政治的性格がちがうと見ていい。これを外部からみれば、平然と変貌する奸悪《かんあく》な印象をうけた。薩摩人は習慣として藩の内情を決して外部に洩《も》らさないため、外部からみれば不気味な観さえある。

いまでも、この文久三年初秋での薩摩藩の内情がわかりにくい。

この時期、薩はにわかに佐幕派の――というより国家警察機関であるところの――会《かい》と同盟し、京都から革命派の長《ちょう》を追いおとしてしまったのである。幕末最大の政治的トリックはこの「薩会同盟」といわれる奇怪な政治事件だが、これほどのトリックを薩のたれが策謀したのかわからない。薩人は、語らないからである。明治後も、幕末における薩の機密に参画した者たちが往事を語るということを、ほとんどしていない。長州人は機密をすぐ洩らす、と高杉晋作がなげいた長州人の体質とこの点、ひどくちがっている。

この薩会同盟（とはいえ、三年後の慶応二年には薩摩は長州と極秘裏に薩長連合を結び、会津をほうりだしてしまうのだが）がおこなわれた時期、京都の薩摩藩邸には、めぼしい者がいない。久光は国もとにあり、大久保利通もまたその久光のそばにいる。西郷は遠く沖永良部島《おきのえらぶじま》の流人小屋で起き伏ししていたし、また西郷や大久保が尊敬していた小松帯刀《たてわき》も、鹿児島にいる。

この時期、京都藩邸にあって薩摩の外交をやっていた者は、四人の名前がうかぶだけである。奈良原繁、吉井幸輔、高崎五六（猪太郎）、高崎佐太郎（正風《まさかぜ》）で、いずれも二流の人物にすぎない。

兄貴株の奈良原は酒乱で、のちに沖縄県知事になった業績をみてもその思想は固陋《ころう》で粗放であり、ただ猛勇な剣客であるということと、久光に気に入られているということが、かろうじての特徴といえる。吉井幸輔は歌人吉井勇の祖父である。初期、西郷と仲がよかったが、のち久光との関係が濃厚になり、西郷から離れた観がある。明治後は政治の面に出ず、宮内省の役人になった。高崎五六は明治後、西郷よりも大久保に接し、そのおかげで東京府知事をつとめたが、べつにこれという特徴はない。

最後に、高崎佐太郎の場合である。かれの政治的能力は、未知数だったといっていい。このとき満二十七で、前年二月、はじめて鹿児島を出て、他郷を知った。島津久光は文久二閏《うるう》八月に京を去ったのだが、高崎の日記ではこのときはじめて伏見で久光に御目見《おめみえ》得している。このため、久光に愛顧された側近衆ともいえない。

ただ高崎日記でうかがえるのは、かれは大久保（在薩摩）に目をかけられているらしいことである。政治的には高崎は久光派か大久保派に属すべき存在かもしれず、すくなくとも西郷派ではない。なぜなら後年西郷が京にのぼってきて薩摩藩外交を切りもりしたとき、西郷に激しくきらわれ、国もとへ追いかえされた。西郷は好悪の情が強かった、慶応三年十二月二十八日という日付の西郷の書簡では、西郷は高崎について「妖説《ようせつ》を唱へ候はんと存じ奉り候」と書いている。西郷・大久保は慶応年間に入って激烈に革命化し、武力による討幕を決意した。高崎はそれに対し佐幕論をたて、しつこく反対したらしい形跡がこの書簡にうかがえる。西郷にすれば、

（高崎の亡父は久光の生母お由良に反対して処刑された。それからみても当然高崎は自分の与党であるかと思っていたのに、意外にも久光の与党だったか）

という意味での憤《いきどお》りもこもっていたであろう。

西郷にきらわれたために、高崎の政治手腕はついに未知数におわった。明治後も大

久保についたが、西郷についていない。明治政府の政治面にはあまり出ず、主として宮内省の役人として終始した。

ついでながら、この人物について百科事典ではどう書かれているかと思い、平凡社のそれをひいてみると、十二行の記事が出ていた。「高崎正風《まさかぜ》」(一八三六～一九一二)とあり、冒頭に、

「明治時代の歌人」

と、規定されている。幕末に、西郷や大久保を出しぬいて会津藩と手を組んだという大層な政治的トリック屋としては出ていない。記事を抜き書きしてみる。

鹿児島県に生まれ、桂園《けいえん》派の八田知紀《とものり》に歌道を学ぶ。1876年(明治9)御歌係、86年御歌掛長、87年男爵、88年御歌所長《おうたどころ》、……歌風は古今調の温雅流麗で桂園派に新生面をひらき、御歌所派として後進を誘導した功績は大きい。

と、あくまでも歌人としての評価でしかない。

さて、会津藩公用局に籍をおく秋月悌次郎のことである。

会津の京都本営は、黒谷の金戒光明寺《こんかいこうみょうじ》にあった。城門のような黒門と、高い石垣を

めぐらし、万一の攻防のときには十分に城塞《じょうさい》になりうる構えである。しかし公用局の職員は、市中に下宿している。

秋月は、鴨川のほとりの三本木に下宿していた。障子をひらけば叡山《えいざん》が見え、夜は水の流れがひときわ高くなる。三本木はいまはそうではないが、このころはお茶屋（酒楼）の町で、諸藩の周旋方（公用方）は、主として、三本木で会合し、芸者をあげて遊んでいた。秋月はどうにも謹直な男だったが、京で酒楼の町に下宿していたところを見ると、この界隈のふんいきが嫌いではなかったのであろう。長州藩の公用方などは資金が豊富なせいもあり、木戸孝允や久坂玄瑞《くさかげんずい》のように、特定の芸者と特別な関係を結ぶ者が多かったが、会津藩は物堅い藩風だったせいか、そういう例はあまり見られない。秋月はどうだったかわからないが、ともかくも、貧しかった生家や、長すぎた昌平黌の寄宿舎時代をおもうと、脂粉と弦歌に満ちた夢のような環境だったにちがいない。

秋月が歴史の表通りに登場するのは、この年（文久三年）八月十三日夜である。舞台は、この三本木の自宅だった。夜、見しらぬ薩摩人が、前ぶれもなく、それも一人で訪ねてきた。高崎佐太郎である。

見知らぬというのは、あとで秋月から連絡をうけた同役の広沢安任《やすとう》がそう言っている。広沢の文章によれば、是《これ》より先《さき》、佐太郎と相識者なし。

とあるが、そうだったに相違ない。薩摩藩と会津藩は、公用方でさえ、それほどに交通がなかった。革命勢力に属する者が警察当局と毎回会合をかさねていることが、普通ありえないのと同様かとおもえる。

日没後だから、高崎は格子戸《こうしど》をたたいたにちがいない。下宿先の家の者が、用心ぶかく格子ごしに、どこの何様かということをきいたに相違ない。この時代の京では、夜間に他家を訪れるなどよほど懇意な仲でないとありえない。高崎は懐中から、折り入って面晤《めんご》を得たい、という旨のことを書いた手紙をとりだし、格子戸の隙間からさし入れて家の者に渡したかと思える。そのくらいの手数は、必要であった。

しかしそれにしても、高崎はこれほど重大な外交上の用件をうちあける相手として、会津藩にも何人かいる公用局員のなかでなぜ秋月悌次郎をえらんだのかということである。

高崎は、秋月の風貌《ふうぼう》や人柄ぐらいは、知っていたのかもしれない。秋月はのちに彼を知る者がみな言うように一見して温かさを感じさせる人柄で、寡黙《かもく》だが、いかにも信頼できそうな印象を人にあたえて、事実、そのとおりの男だった。

いまひとつ想像できるのは、高崎は同藩の重野《しげの》安繹《やすつぐ》(一八二七〜一九一〇)を通じて、秋月悌次郎の名をきいていたのではないかということである。重野は秋月とほぼ同時期に薩摩藩から昌平黌に入ってきた男で、秋月とともに俊才の双璧とされ、両者の交情が深かった。ただ重野の才質には秋月にくらべ飛躍力があるようだった。重野は明治後は東京大学で日本史の最初の教授になり、水戸史観(皇国史観)のいかがわしさを実証面から衝いた歴史家になった。このため政治の圧力でやがては大学を去らざるをえなかったが、この点、ごく保守的な漢学者として生涯をおえた秋月とのちがいは感ぜられる。

その重野が、

——会津の京都には秋月がいる。

ということを、高崎がこの前年(文久二年)に国を発つときに言ったかもしれない。たとえそうでなかったとしても、京にいる諸藩の公用方で昌平黌を経た者はみな秋月に一目置くといった関係があったであろう。つまり高崎が、多くの会津藩士のなかからとくに秋月を選んだというそのための秋月についての評判は、どこででも聞けたはずである。

いっそ、秋月ならだましやすいということを高崎はおもったかもしれない。この時代、他藩への感覚というのはいまの国際関係の中の国々よりもそらぞらしく、ときに仇敵視してみる心理があった。とりわけ薩摩藩と会津藩では気心も知れがたい異国同士の観があったのではないかと思われるし、その心理の牆壁《しょうへき》をこえて相手と接触するには多少、甘ったるさのある相手のほうがいいのではないか。秋月は政治家ではない。後年のかれをみても、まず他人を信じきる所から関係を結ぶという男だった。

秋月は、高崎のいうことをきいて驚いた。

高崎は、長州藩とその傘下《さんか》の過激志士が公卿を擁《よう》し、その公卿はほしいままに詔勅と称するものを志士たちにあたえ、それでもって幕府をゆさぶろうとしている、天下の乱はここからおこる、「貴意如何」と、問うた。

秋月は即答できない。高崎のいうことを聴いていたが、抗幕姿勢をとる薩摩藩の公用方のいう言葉とは思えない。しばらく聴いてから、

「いまの説は、私見なりや」

と、反問した。高崎はかぶりをふり、これは薩摩藩の藩論である、と答えた。

京都の薩摩藩邸にはさきに触れたように、のちのように西郷や大久保はおらず、むろん久光もおらず、奈良原繁以下数人の頭株がいるだけである。高崎が「藩論也」と

してここまで言いきる以上は薩摩へ急使を出して久光の訓令を仰いだのであろうか。

薩摩藩は、幕末のぎりぎりの時期には、京都と国もとの連絡を敏速にするために、兵庫沖に藩の蒸気船をつないでおき、手紙一本を運ぶために大坂湾と鹿児島を往来した。船は片道、三、四日で航走した。しかしこの時期にはそういう贅沢《ぜいたく》な通信法を用いていないはずだから、手紙の往来はそう敏速にできない。しかし顔ぶれからみて、独断ともおもえない、あるいは久光が、「京都の混乱が極に達した場合にはそのようにせよ」と言いのこしておいたのかもしれない。

翌日、高崎は秋月の案内で黒谷本陣にやってきて、松平容保に拝謁し、薩摩藩の方針をはっきりとのべ、薩会同盟を結ぶのである。それまでの下相談として、会津側は重役たちを出し、高崎と綿密にうちあわせした。薩摩側はつねに高崎一人だった。おそらくあとで藩の方針が変れば高崎一人が腹を切るだけで済ましてしまえというぐあいになっていたものかと思える。このあたりは薩摩的なやり方であり、高崎自身もその覚悟でやったに相違ない。

宮廷への工作も、高崎がかねて薩摩藩が応援していた中川宮を通し、孝明天皇に対しおこなった。孝明天皇は長州ぎらいの佐幕家だったから、この薩会同盟のほうに乗った。

これによって八月十八日払暁、会津兵と薩摩兵が御所をかため、九門をとざし、長州派公卿十三人の参内をとどめ、同時に長州藩に対し、それまでの義務――堺町御門の守備――を解除し、淀藩にかわらせた。長州兵はおどろき、押しあいがあったが、結局は退去せざるをえなかった。また同時に長州派公卿は官位を剝《は》ぎとられ、庶人におとされて御所を追われた。この夜、いわゆる七卿落ちがあり、長州軍の大挙帰国がある。以後、長州人が「薩賊会奸」として薩会を憎みつづけたのは、このときからである。翌元治元年夏に大挙京に乱入し、いわゆる蛤御門《はまぐりごもん》ノ変があって、ふたたび薩摩兵と会津兵のために追いおとされた。蛤御門ノ変のときには西郷が上洛していて、直接戦闘の指揮をとった。

が、このときは薩会同盟の功労者である秋月は京にはいなかった。かれは同藩の者たちにその功を嫉妬され、北海道警備の代官に遷《うつ》されてしまっていた。

その後、時勢は変転した。薩摩は会津をすて、長州と結び、慶応四年正月、鳥羽伏見で徳川軍先鋒《せんぽう》の会津軍に対し、薩軍から発砲し、攻撃した。会津軍はかつての同盟者と激戦し、しかも敗北した。

この結果、徳川慶喜は大坂から江戸に奔《はし》り、会津軍も同行したが、慶喜の命令で江戸を去るべく強制された。慶喜の都合では、薩長と戦った会津軍が江戸にいてはかれの恭順外交がうまくゆかないのであった。会津軍は砲を曳《ひ》き、負傷者を荷車にのせて江戸を去り、会津盆地に帰った。秋月も、この時期には北海道を去ってこの敗者の列のなかにいた。会津若松城の攻囲戦とその後の会津人集団の悲劇は、この時からはじまる。

話を秋月にもどす。

といって、私は秋月について多くは知らない。かれは明治後、諱《いみな》の胤永を正称とした。私はタネナガとよんでいたが、当人はカズヒサと訓《よ》んでいたことを最近、秋月一江氏からきいて知った程度である。

ただかつて『竜馬がゆく』や『峠』などで幕末の政治的事態を調べていたころ、何度も「薩会同盟」という曲り角を往き来した。そのつど、秋月悌次郎という名前が出てくるのである。

もっともこの同盟工作の場合、高崎が能動者で秋月は受動者にすぎなかったため、高崎のことだけを調べ、秋月についてはその煩を避けた。避けつつも秋月は妙な人物で、その挙動に人間としての体温を感じざるをえなかった。

気になっているうちに、『韋軒遺稿』という、かれの文章をあつめた小冊子を手に入れた。読んでも江戸末期の武士としてのかれの篤実な性格がわかるだけで、時勢を切り裂くような思想があるわけではない。

ただそのなかに、いくつかの詩がある。かれはかくべつに詩がうまかったわけではないが、そのなかに異常な迫力の一篇がある。「故《ゆえ》アッテ北越ニ潜行シ、帰途得ル所」という類のもので、会津若松城が落城したあとのものである。

会津藩はその城の落城後、寒冷不毛ともいうべき下北半島に移されて、この藩出身の新政府への反逆者永岡久茂の詩にいう「二万ノ生霊方《まさ》ニ飢ニ泣ク」という生地獄そのままのひどい戦後処置をうけるのだが、この詩はその処置が決まるすこし前に作られた。

秋月は官軍の寛大を乞うべく会津から北へ潜行して越後の官軍本営へゆくのである。その本営には、旧知の長州人奥平謙輔《おくだいらけんすけ》がいた。奥平はかつて秋月を尊敬することがあつかった。秋月はともかくもひそかに往き、この奥平に会った。るると会津藩の過去の立場を釈明し、窮状を訴え、官軍の寛容を乞うた。奥平は秋月を手厚く遇したが、しかしかといってかれひとりで左右できるわけではなかった。秋月はいわばむなしく帰途についた。

その帰路、会津柳津から会津坂下《ばんげ》にくだる七折峠《ななおれ》という山坂で、気持が絶望的になって詠《よ》んだのが、右の類の詩である。国破レテ山河アリという式の亡国を詠んだ詩は多くあるが、その多くは歴史回顧のもので、秋月のように現実に亡国をひきずって歩いた者の詩は、すくなくとも日本では秋月をふくめた会津人の数篇しかないようにもおもえる。

行くに輿《こし》無く、帰るに家無し
国破れて孤城、雀鴉《じやくあ》乱《みだ》る
治、功を奏せず、戦《たたかい》、略《りやく》無し
微臣、罪有り、復《また》何をか嗟《なげ》かん
…………

詩は長いが、最後に、「何《いず》れの地に君を置き、又親を置かん」と結んでいる。機略の才があるわけでもない秋月が、きまじめな性格だけをもとでにしてかぼそく走りまわり、ついに途方に暮れている姿が、哀れなほどに出ている。この時期の敗残の会津藩は、秋月のきまじめだけに一藩の運命を賭けていたようであり、この権謀能力を欠いて一薩摩に利用され、最後には慶喜にさえ裏切られた会津藩のあわれさが、秋月の息づかいを通してよく出ている。

明治後、秋月は薩長の連中に記憶されていて東京によばれ、左院《さいん》議官になったりした。しかし自分だけが官を得るに忍びないとし、やがて辞した。その後ふたたび東京に出て私塾をひらいたりしたが、明治二十三年、六十七歳で熊本の第五高等学校によばれ、漢文を教授した。

熊本には、五年いた。七十二歳で国に帰るために職をやめ、七十七歳、東京で没した。

熊本での在職中、かれは幕末のことを語るわけでもなく、ただ漢文を教え、休日には自宅に生徒をよんで酒を飲んでいたにすぎなかったが、よほど慕《した》われたらしく、秋月の没後三十五年経って、同窓会から『秋月先生記念』という、かれの印象をそれぞれが書いた本が出ている。私はこの本を会津若松市の図書館で見て、頁《ページ》をめくるうちにかれの熊本時代、小泉八雲がやはり在職（明治二十四年から同二十七年まで）していたことを知った。

八雲は言葉の通じない、この老人をひどく崇敬し、つねづね秋月先生は煖炉のようなひとだ、近づくだけで暖かくなる、といったり、ついには神だと言いだしたりした。「この学校には二方《ふたかた》の神がおられる。一方は私が奉じている白衣を着たキリストであり、もう一方は、黒衣を着ておられる」といったりした。秋月はいつも黒紋服で学校に出ていた。

こういう人物が幕末の会津藩の外交官だったことを思うと、新選組を使う以外はほとんど権略的な外交をせず、一見、時勢の中で居すくんだようでもあった会津の京都守護職というものの性格の一部が、すこしわかるような気もする。

その在職中のある日、秋月は教壇に立って、いつものように本をひろげることをせず、よほど時間が経ってから、じつは昨夜、文久三年以来三十余年ぶりの友人が訪ねてきて、そのために終夜、痛飲してしまった、といった。秋月が詫びているのは、要するに下調べができなかったために今日は授業を勘弁してもらいたい、ということで、かれはていねいに一礼すると教室を出て行った。

昨夜きた戊辰以来三十年ぶりの友人とは、宮内省の顕官である高崎正風である。正風の伝記の中の熊本紀行をみると、かれは明治二十六年一月末に熊本に出張している。その一月三十一日の項に、

「朝のほど、雨ふる。秋月胤永来訪」

とあり、また二月六日のくだりにも、

「朝霧ふかし。秋月胤永来訪」

と、ある。秋月が終夜痛飲したというのは、この両日のどちらかはわからないが、いずれにしても「薩会同盟」の当時のことを語って語りあかしたに違いない。冷静に

いえば、「薩会同盟」は結局のところ薩摩藩にだまされるたねをまいたに過ぎないが、しかし秋月は高崎を前にしてそういう恨みもいわず、ひたすらに当時を懐しみ、翌日の授業もできないほどに飲んでしまった。

このあたり、いかにも秋月らしい人の好さを感じさせるが、しかしむしろ秋月にとってこの思い出は同藩の者を相手ではしづらいという機微もあったかもしれない。文久三年八月同床異夢の政敵だった高崎を相手に語るときのみ、往事を回顧して手ばなしに感傷的になりうるという微妙な何かがあったに相違ない。秋月はこのとき七十歳である。

太平記とその影響

私ごとからいうと、中学校に入った早々、へんに大人になったような気がして、「源氏物語」の註釈つきの本を何巻か買ってきて、父親から叱られた。子供には毒だ、というひとことをきいて、飛びあがるほどの期待をもち、こっそり読みはじめたが、当然ながらなにが書いてあるのかさっぱりわからず、投げだしてしまった。

こんどは「平家」を買ってきたが、なんだか坊主くさくてめんどうくさかった。「太平記」を読むにいたって、この書物の気分はこどもにでも十分理解できた。そのころの子供には音読の習慣がすこしのこっていた。音読してみると難解な熟字や故事の引用などがすこしも気にならない。意味以前にすでに音楽化されているために、意味不明であればあるほどかえってリズミカルな快感があって、いまおもうと、小島法師はなかなかの曲者のようにおもえる。

たとえば田楽《でんがく》に凝った相模《さがみ》入道がばけものに遭うあたり、

「四十有余ノ古入道、酔狂ノ余《あまり》ニ舞フ舞ナレバ、風情《ふぜい》アルベシトモ覚エザリケルトコロニ、イヅクヨリキタルトモ知ラヌ、新坐、本坐ノ田楽ドモ十余人、忽念《こつねん》トシテ坐席ニツラナリテゾ舞ヒウタヒケル。ソノ興、ハナハダ世ノ常ヲ越エタリ。……アルヒハクチバシ勾《かが》マリテ鵄《とび》ノゴトクナルモノアリ、アルヒハ身ニツバサアリテソノカタチ山伏ノゴトクナルモノアリ。異類異形ノバケモノドモガ姿ヲ人ニ変ジタルニテゾアリケル。……」

などというあたりは、すっかりそらんじてしまっていたが、いま岩波書店の「日本古典文学大系」で読むと、記憶にあるものと多少ちがっている。太平記は、「太平記読み」ということばでもわかるように、本来、民衆に朗読してきかせたものであり、朗読者は、そのときの都合やら自分の読み癖、好みなどで、多少ははしょったり、辞句を変えたりしていたであろう。私も、「太平記読み」のようにして読んでいたらしく、ひらきなおっていえば本来、そういう種類の書物なのである。

俊基朝臣《としもとあそん》が謀叛のうたがいでとらわれて関東へ下向するくだりなどは、まことに名調子でいい。私どものような世代より以上のひとなら、そのリズム感をおぼえておられるにちがいなく、幕末のころにはこの太平記のリズム感が革命家たちの心をゆさぶった。そのことはあとでふれる。いずれにせよ、

「落花ノ雪ニ踏ミ迷フ、交野《かたの》ノ春ノ桜狩」

というこのくだり、単に道行きのリズムで地名にいちいちひっかかるのは野暮なの

だが、いったい交野にそれほど桜の大きな林があったのかとおもって子供のころに出かけてみたことがある。交野に級友の家があって、その家の年寄にきくと、「さあ、どうかなあ」という答えがもどってきてがっかりしたことがある。みたところ、ただの丘陵と田園だけの土地で変哲もなかった。このあたりの野が鳥立《とりたち》ノ原といわれたように天皇の狩猟地であり、「伊勢物語」にもあるように伝説上の桜の名所で、この土地の名所としてのアクセントが狩り場であることなのか桜がうつくしいということなのかはべつとして、ともかくも京の貴族たちから伝統的に愛されてきた土地であったようにおもえる。

「……物ヲ思ヘバ夜ノ間《ま》モ、老蘇《おいそ》ノ森ノ下草《したくさ》ニ駒ヲトドメテ顧《かえりみ》ル、フルサトヲ雲ヤ隔ツラン」

というその滋賀県の老蘇ノ森にながい年行ってみたくて、去年わざわざ出かけてみた。遠望すればナマコ形にみえるこの森もあたらしい道路にぶちきられてしまい、鎮守の森程度になってしまっていた。しかしながら太平記のころではこの湖畔平野における雄大な森林であったかどうかということになると、これまた多少あやしい。要するに交野も老蘇も古歌に詠みこまれた名所で、こんにちの流行歌が、長崎の坂とか横浜の夜霧とかをくりかえし歌いつづけているのとおなじことであり、それだけのことなのである。それだけのことながら、それらを折りこみ、ちりばめ、畳みこんでゆくところに太平記的名調子がうまれ、日本の歌唱的名所のたねが尽きると、中国の故事をふんだんに踏まえて調子をつけてゆく。われわれはこの意味をさぐるよりも、その調子に酔わなければ太平記的世界のよき受容者にはなれないのである。

話をすすめよう。

「今日より正成出《まさしげい》づ」

という町風俗について。

これについては、十年ばかり前、八十余歳で亡くなられた菅楯彦画伯からきいた。まだ江戸期のにおいをのこしていた明治十年代から二十年代の大阪の下町でのことである。

「そういう貼り紙が、町々に出ます」

といわれたから、私ははじめおどろいた。町々に楠木正成が出るのですか、ときくと、

「へい」

と、品よくうなずかれる。

菅楯彦というひとは、落款《らっかん》は「浪速御民《なにわぎよみん》」というのを用いられている。いかにも婉《えん》でふるめかしく、古武士のような律義さを保ちながら生涯大阪の町絵師としてすごさ

れた。若いころから師匠というものはなく、教養は漢学だけであり、画技は大和絵と四条円山派を独学で学ばれ、それを折衷《せっちゅう》した画風で生涯浪華《なにわ》の町風俗を描いて来られた。

「町内に長屋々々がごわりますな、そういう町内にかならず一つは寄席《よせ》がごわりましてな、左様《さい》でごわります、べつに商売々々した寄席ではごわりまへんで、まあ道楽なひとが自分の家のふた間ほどを講釈師に貸します」

そういうのが、大阪の寄席であったらしい。一年なら一年、ずっと太平記を読みつづけるのだという。いまでいえばテレビの連続ドラマのようなものである。

「なにぶん一年は長うごわりますから、途中懶《だ》れてきて、客のあつまりが悪うなって参ります。ところが読みすすんで、いよいよ正成が出るというくだりにさしかかりますと、門口《かどぐち》に〝今日より正成出づ〟という貼り紙を出します。すると、どっと……」

と、いわれる。読み本が太平記なら正成、通俗三国志なら諸葛孔明《しょかつこうめい》である。〝今日より孔明出づ〟といったぐあいの貼り紙が出る。

「なんと申しましても、正成と孔明が大へんな人気でごわりましたな」

と、いわれた。講釈だねでいえば「難波戦記」の真田幸村も、孔明、正成とおなじ系列の人物としてうけとられていたにちがいない。

正成、幸村といった類型の原型は諸葛孔明であったにちがいない。神秘的なほどに巧緻な戦術家で、心術に一点の曇りもなく、さらには教養があり、しかも弱勢の側に立ち、その最期はそろって劇的であるという点で、三人は共通した感じで造形化されている。もっとも実際の人物も奇妙なことにそういう人物であったらしい。

私の印象的な感じでは、近世の西日本においては東北地方でもてはやされるほどには「義経記」はよろこばれなかったようにおもえる。宋学以前に成立した「義経記」には大義名分という士大夫的気分を興奮せしめるイデオロギー的要求がまるでなく、しかもその最後は要するに陰惨な兄弟げんかで、さらには義経その人の最期は、右の三人と同様劇的なものでありながら要するに「不如帰《ほととぎす》」の浪子と武夫と同質のものなのである。東北地方の老婆の涙をしぼることができても、近世的な産業社会の萌芽が出はじめていた西日本のあかるい体質に快感をあたえたり、不満を癒《い》やしたりすることにはむかなかったのであろう。それよりも太平記における正成の機略性のほうが、聴く者に商人的日常体験があるために、快感や共感をよんだにちがいなく、さらには、すでに江戸末期になると武家社会から庶民レベルにまで浸透していた朱子学的思考――たとえば大義名分――といういわば当時の道理にもかなっていて、義経の末路が恐山《おそれざん》的な陰惨さを帯びて救いがないのに対し、正成の末路には近世人はそれを一個の哲学的な死として解釈し、いわば後世への風通しとしてこころよさを感ぜしめる。

ついでながら「義経記」は、幕末でも仙台の町々などでさかんに講釈されていたという。菅楯彦氏のいう大阪の町々での太平記講釈とはいかにも対蹠《たいせき》的であり、「義経記」を愛した東北人が幕末のイデオロギー流行期に参加できず、「太平記」好きの西国武士にしてやられてしまったというのも偶然でないかもしれない。ただしこの見方はあくまでも没価値論的にいっているわけで、太平記が政治論の書としてどうこうというわけではない。

ともあれ、この稗史《はいし》の影響は、深刻である。たとえば、幕末、京の祇園で、

「長州様は、正成をなさるそうな」

と、いわれていたという。正成についての一個の通念が京の庶民のあいだにまで共有されていたということであり、宣伝上手の幕末長州人はそういう庶民感情をうまくとらえて、自分たちの政治的立場がいかに正義であるかを、そのように簡潔な、つまりキャッチ・フレーズをもって端的に訴えていたともいえるかもしれない。

さもなければ、文久三年夏の政変で政治的足場をうしない、翌元治元年の蛤御門ノ変によって幕府の敵であると同時に朝敵になってしまった長州人に対し、京や京の近郊のひとびとが、かれら政治犯をかくまったり、落ち武者をにがしてやったりするなど、命がけでかばったという理由が出て来ないのである。日柳燕石《くさなぎえんせき》の詩をみてもわかるように、幕末の志士たちの心情も思想も行動もことごとくみずから正成になるということから発起されたものであったし、それをうけ容れる庶民の側にもそういう素地

があったということがいえる。

私はイデオロギーというものを、たとえば体質的に酒を好まないという程度の意味においてそれを好まないが、ところが太平記には酒臭がにおっている。大胆にいえばイデオロギーの書であるといえるかもしれない。すくなくとも「平家物語」や「源平盛衰記」にくらべてきわだって太平記を特徴づけるものは、宋学の影響である。

太平記において宋学の影響があるかないかということについては、かつて多少論議された。証拠がないともいわれたが、これはやや愚論というべく、証拠といえば太平記そのものが証拠なのである。

さらに太平記に登場する最も重要な人物は後醍醐《ごだいご》天皇だが、この後醍醐が宋学の書を読んだかどうかということについても専門家の世界に議論が多い。証拠がないといわれる。しかしながら、これは慎重でありすぎる考え方であろう。後醍醐天皇の行動、生涯そのものが宋学イデオロギー（大義名分論・正閏論《せいじゅんろん》）でつらぬかれており、これまたそれそのものが根拠なのである。

いったいその当時、宋学の書物がそれほど多く伝来されていたか、という疑問も在来あるが、しかしながらこれも慎重でありすぎる態度であり、証拠といえば時代そのものが巨大な状況証拠なのである。当時南宋はすでにほろび、異民族の元帝国が中国を支配していたが、南宋のころから南シナにあっては沿岸の港市を中心に巨大な貿易時代が進行していた。おそらく中国人たちはアラビア人の影響をうけたのであろう。遠洋航海術もかれらのものになり、大船の建造技術もすすんでいた。この東アジアにおける大いなる経済時代にあって日本だけが孤立していた、と考えるほうが、むしろ特異である。南シナ貿易の運動圏は、日本の九州とその属島をふくんでいた。当時の日本の中央や地方政権と無関係で活動していた小船舶による航海貿易者――たとえば倭寇《わこう》――は、貿易というには卑弱なものであったかもしれないが、それでもかれらの存在を無視してこの時代は語れない。かれらの求めるところは主として書物、書画、経典にあったという。それらは官営貿易ではなかったにせよ、将来してくるものにはかわりはない。宋学の書が、京都あたりや、地方の富裕な寺院などに相当入っていたであろうことは、状況としては否定できない。

要するに太平記を理解するには、その背景になっている東アジアの歴史的な、もしくは精神史的な動きを知らねばならず、言葉を変えていえば、そういう東アジア的規模の背景が、太平記という書物と、そのなかで活躍する人物たちを生んだといえる。

ここで宋学についてわずかにふれたい。

中国の学問の歴史は、漢代と唐代にあっては訓詁《くんこ》で明けくれている。儒教はかならずしも哲学ではないが、哲学的な思弁を必要とする道教や仏教がながい年月のあいだに儒学に影響をあたえ、宋代にいたってそれが顕出した。

宋代の学問世界は、訓詁をすてきったわけでないにせよ、中国の思想史上、最初に出現する観念論的哲学の流行期である。朱子学の成立にいたってそれが大きく完成し、やがて宋が北方の異民族国家である金に圧迫されるにおよんでこれがイデオロギーになってゆくのだが、いずれにせよ、宋学でもっともやかましい議論の分野は、春秋学であった。歴史を倫理的立場で批判し、強烈な倫理的理念で秩序づけようというもので、「天ニ二日《にじつ》ナク、地ニ二王ナシ」といわれるように、一王によって統一された、もしくはされるべき天下秩序の確立ということをやかましくいう。そういう思弁的世界のなかで不動の理念として説かれるのは、大義名分論である。

宋はもと開封に都があったが、国家ができあがって一世紀半ほど経ってから北方の金——ツングース民族——に圧迫され、揚子江の南へうつらざるをえなかった。開封時代を北宋といい、南渡してからを南宋という。学者や思想家が中国史上もっとも多く出たが、武力はよわく、異民族に圧迫されつづけであった。この南宋の状態をよくあらわしていることばに、

「声容盛んにして武備衰え、議論多くして成功すくなし」

というのがある。学者たちが、正統を論じ、名分を論じ、国家をささえるフィクシ

ヨンとしての義を論じ、さらには夷《い》を攘《う》ち王を尊ぶという尊王攘夷論をやかましく論じたが、結局は北方の騎馬民族の弓勢《ゆんぜい》の前にはそれらはすべてむなしく、一二七九年、モンゴル人の帝国である元のためにほろんだ。日本でいえば鎌倉における北条執権時代である。

南宋はほろんで、そのおびただしい議論と学説だけがのこされた。それらが、東シナ海の季節風に乗って日本に伝来した。日本がこのために、南北朝時代という、日本史上最初のイデオロギー時代を迎える。

日本の天皇というのは、奈良朝のそれはしばらく措《お》くとして、平安朝以後は権力ではなく、多分に宗教性を帯び、神聖ではあっても実体としては霧のむこうの影のような存在であり、いわば権威であった。権威という点では、文官、武官、僧官など百官を権威づけるための唯一無二の源泉であったにせよ、しかしながらたとえば宋の皇帝のごとく天皇みずからが絶対権力をもって政治をおこなうという体制ではなく、中国の皇帝とは同日に論ぜられないほどに性質を異にしている。

中国にあってはもともと皇帝個人に専制権があった。その専制を整備し、不動のものとして制度化したのが、宋帝国からである。この帝国を興した太祖趙匡胤《ちょうきょういん》は中国における政権の衰弱はつねに軍閥のばっこにあるとし、兵馬の職には文官を任命し、武人によって私領化されていた藩鎮《はんちん》をすべておさめて朝廷の直轄領にし、地方の兵を中央にあつめて禁軍（官軍）を増強し、徹底的な文治主義をとった。いわば趙匡胤は皇帝革命ともいうべき中国政治史上の大改革者であったが、かれのやったことを日本的規模において実行しようとしたのが後醍醐天皇であり、それを一時的に成功せしめたのが建武ノ中興であり、日本の革命思想の原理がつねに日本で育つことなく海のむこうからくるという不幸な原型をつくった最初の人でもある。

後醍醐天皇は日本史における一個の政治的畸形者であり、その奇であることは、かれが天皇であることよりも皇帝になることを熱願したところにあった。かれは趙匡胤になるというこの壮大な幻覚に憑《つ》かれて軍閥――北条執権政府――という現実の壁とたたかい、日本中に争乱をおこし、ついには建武中興帝国という日本史上におけるふしぎな政権を確立したひとである。もっともその革命政権は日本的現実からみれば一片のフィクションにすぎなかったためにほどなく現実の体現者である足利尊氏のためにたおされ、この趙匡胤にあこがれた人物は流寓《りゅうぐう》のなかで死なざるをえなかった。

中国的政治風土のなかから出たほんものの趙匡胤は、

「宰相は読書の人を用うべし」

とし、試験制度によって野の秀才を官に吸いあげてついには宰相にまでしてゆくという制度を確立したが、後醍醐帝の理想であった「建武中興帝国」はそこまではできず、世襲の公家貴族をもって「読書の人」であるとし、これに宰相以下の地位をあたえた。この一事をもってしても、後醍醐帝には権力欲以外に後世の範になるような革命の理想などはなかったことがわかる。

後醍醐天皇というのは、たしかに英雄の素質はあった。幼少のころから慧《さと》く、さらには性格としては粘着力に富み、異常なほどに執念ぶかく、しかも性欲も尋常ではない。たとえば真言立川流という性的宗教に淫して性生活までを宗教化し、性を通じて即身成仏の道を志したということとひとつを考えてみても、日本人としては驚嘆すべきひとであるといえる。こういうひとでなければ、いかに宋学による行動の正当化があったにしても、天皇であることから皇帝へ跳躍しようという願望と執心はもてなかったであろう。

太平記における事の発端は、理念的なものから出たわけではなく、皇位についての相続あらそいから出たものであった。

当時、皇位の継承権に両統があり、両統かわるがわるに皇位につくというしきたりになっていた。ところが後醍醐帝が皇位につくや、他の系統の親王を皇太子にはせず、自分の血統の者をそのようにしようとし、それによって紛糾がおこった。他の系統の宮廷人は鎌倉幕府（北条執権政府）にはたらきかけてその後援を得、むりやりに皇太子を立てたところ、後醍醐天皇はふんがいし、ついに討幕計画をたて、王権による天下統一を考えた。動機がそのように卑小なことから出発していることが、建武ノ中興という事業の歴史的規模を――結果としては全日本をゆるがしたものでありながら――小さなものにしてしまっている。

この後醍醐帝の天皇反乱が全国的大争乱をひきおこすまでにいたったのは、宋学によるイデオロギーによるものではむろんなかった。ごく現実的な、当時の政情不安と相続法のあいまいさによるものであった。

朝廷でも皇位の継承法があいまいだったように、一般もそうであったらしい。一つの荘園や田地を、叔父とおいがあらそったり、兄弟がたがいに相続でもめあったりして、要するに後世のように正嫡の長男が完全相続するというルールが確立してはいなかった。このあらそいにはときに武力がもちいられ、村落単位の戦争――ともつかない喧嘩刃傷沙汰――が頻発していた。むろん訴訟にももちこんだ。この種の訴訟は鎌倉にもちこまれ、そこで公平な裁判をうけるというのが源頼朝以来の法であり、ことに北条執権政府になってからは、北条義時、泰時、時頼といったぐあいに日本史上第一等の政治家が相次いで出たために、地方の御家人たちにとって鎌倉の北条執権政府の信用というものは大きく、たれもこの政体をこわしたいと思うものはなかった。武士にとって土地がすべてであった。その土地に関する紛争の裁き手として鎌倉という中央が必要であり、それがために「鎌倉ノ命、山ノゴトシ」として武士たちは鎌倉を守ろうとした。鎌倉は専制政権では決してなく、在郷武士たちの現実的な解釈としては、この政権は民事訴訟の司法府というのが本質であった。

ところが、後醍醐天皇のころの執権は北条高時であった。太平記によるとかれの評価はじつにひくいが、実際にはどういう人物であったかはわからないにせよ、かれが民事司法府の統裁者であるという聖職をなおざりにしていたことはたしかであり、じっさいに裁判を専断しているのは長崎高資という人物で、この人物がつねに偏見とおのれの利害をもって判決をくだすため諸国で怨声満ち、ついには津軽などでは内乱がおこるしまつであった。鎌倉はその機能を喪失した。在郷の武士たちの心が、

——鎌倉に代る司法権を。

と望みはじめたのは、ただそれだけの理由である。が、ことが土地に関することだけに、それだけのことながらそれが武士どもの満足と不満のすべてであり、津々浦々に潜在的な内乱気分が鬱積しはじめた。

そこへ朝廷にまで、その相続上の紛争がおこった。南北朝時代という、江戸期の水戸史家たちがこの時代をもって尊王賤覇《そんのうせんぱ》という一大イデオロギー時代と観じたその実体は、よけいなものを洗い去ってみれば、それだけの現実なのである。

鎌倉の司法権は、当然朝廷にまでおよぶ。朝廷は後醍醐天皇がその頂点に立っている大覚寺統と、後伏見上皇を頂点とする持明院統《じみょういんとう》とが相争い、それぞれの系統に属する公家、官人、僧侶までがはげしく対立して収拾がつかなくなっていた。その理由はさきにのべたように後醍醐天皇が〝両統迭立《りょうとうてつりつ》〟という交互相続のルールを無視して大覚寺統で皇位を独占しようとしたためだが、これには鎌倉の北条氏はあたまをなやまし、やはり前例尊重という穏当な裁定をくだし、元弘元年、高時が、

「寿永の例によりまして」

ということで、持明院統の親王をもって皇位につかしめようとした。後醍醐帝は、鎌倉が実力をもってこの裁定を実現しようとする気配におどろき、いっそ鎌倉をたおそうとしたが、途中事が洩れたために京をすてて笠置に走り、近国の武士をよびあつめはじめた。京にあっては鎌倉は持明院統を支持しつづけ、光厳《こうごん》天皇が即位した。南方の笠置山に蒙塵《もうじん》した後醍醐帝——大覚寺統——を中国風に南朝とよぶ。のちの皇国史観ではこれを唯一の天皇とし、吉野朝時代とよび、南北朝時代という「二人の天子」を容認した見方をゆるさない。江南（揚子江以南）に逃げた南宋の学者や思想家たちが名分論や正閏論をたたかわすように、日本では江戸期に水戸史学が大覚寺統を「正」とし、明治後までこの論議がつづいていた。

「南北朝時代」

というこの六十年ばかりの時代が、太平記があつかっている時間的舞台である。途中、北条氏がたおれ、建武ノ中興が成立し、すぐさま倒れて、武士たちのあたらしい調整権力として足利尊氏が時代に押しあげられて勢力を得、ついに天下をとり、北条氏がたてた北朝の擁立をつづける。むろん、その皇統はこんにちまでつづいている。

ところが、後世になるにつれてこの時代を中国風のイデオロギー時代としてみる気分が高まり、江戸期に入って宋学の最終的結実ともいうべき朱子学が官学として採用されたため、観念論的論争はいよいよさかんになった。

水戸学以前においては、山崎闇斎が「倭鑑《やまとかがみ》」をあらわすことによって南朝を「正」としたことが最初の権威であったろう。水戸学の大日本史はそれを採り、在野では頼《らい》山陽が「日本外史」において南朝正統論をとって、南朝護持のために身命をささげた楠木正成を思想上の英雄としてとりあげ、これが覇者である徳川氏の武権をたおそうとする幕末の志士たちに測りがたいほどに深刻な影響をあたえた。頼山陽の「日本外史」の南北朝時代の項の記述は太平記をもって下敷きとしているから、直接にも間接にも太平記の影響として評価してもいい。

このイデオロギーがいわば明治政権を成立させたため、すでにイデオロギーとしての政治的生命がおわってしまっているかにみえた明治四十四年にこの問題が政界を震《しん》撼《かん》させている。藤沢元造という大阪出身の代議士が、

「政府は北朝を正統としているのか」

という旨の質問を突如発した。藤沢が桂内閣攻撃の材料としてかざしているのは、この年にあらたに改訂された尋常小学校教科書「日本歴史」であった。これには両朝がいずれも正統で併立というかたちで書かれている。なぜならば当代は歴史的には北朝の皇統になるわけで、維新を成立せしめた南朝正統論という思想的正当性の立場をどうもとりにくい、という配慮によるものであった。藤沢はここをついた。

一方、北朝正統論という歴史的現実論者も多かった。この教科書を編纂した喜田貞吉、三上参次、辻新次らである。藤沢の衝くところは、

——北朝を正統とするならば楠木正成は賊になるではないか。それでいいのか。

ということであった。幕末維新にあっては、楠木正成というこの草莽《そうもう》から出てきて後醍醐帝のために忠戦のかぎりをつくした人物は、その後の革命家にとってのマルクス・レーニン以上に思想的光芒を感じせしめた人物であった。この正成を賊にしてしまっては維新否定になるわけであり、同時に維新後廟堂にのぼった志士あがりの高官も「正成をかついだ」という点で賊になるという論理もなりたつ。ひいてはその統譜をひく桂内閣もつまりは賊であるということになるのである。イデオロギーというものは、とらわれてしまえばじつにおろかしい。

が、藤沢の質問のおろかしさは桂太郎以下はみなわかっていたが、なおこのイデオ

ロギーは、拘束し、脅迫することができた。それはあたかも、ソ連と中国が、たがいに相手をマルクス・レーニズムの正統ではないとして罵りあっていることとおなじである。どちらでもいいではないかとたがいの要人たちは肚の中では思っているにちがいないが、罵倒と脅迫の材料にはなる。

ついに桂内閣は屈し、天皇の系譜から北朝数代の天皇を天皇の籍から抹殺し、明治天皇をもって第百二十一代の天皇とすることを公表した。そのイデオロギーが去ってしまったこんにち、この程度の観念論が内閣をふるえあがらせたということはうそのような感じがするが、イデオロギーというのは本来そういうもので、イデオロギーによる諸現象というのは、その時代が去ってしまえばまるでうそのような白昼夢になってしまう。

その「南朝正統論」を最初にかかげたのは、後醍醐帝の側近だった北畠親房の「神《じん》皇正統記《のうしょうとうき》」をのぞけば、この「太平記」が最初なのである。この書が、そのこころよいリズムのなかで思想をそれとなく包みこみつつ成立後五百年にわたって庶民である太平記読みがこれを語り、庶民の耳へ入れつづけて行ったことをおもうと、文学書である以前に、歴史をもっともつよくうごかした戦慄的な書物として評価せざるをえない。

日本的権力について

日本での権力の成立のしかたというのは、じつにむずかしいとおもいます。われわれは権力というものの端的な例を、ロシア史や中国史で多く学び、それらのあり方が、お伽噺の酒顚童子《しゆてんどうじ》や山椒太夫《さんしようだゆう》のようにおっかなく、その能力たるや万能でその個性は私利私欲にみち、しかもそれは絶対存在であるというふうに——実際はそれほどでなくても——うけとっています。よほどの知識人でも、権力ということばをつかうとき、どこか寓話的なにおいがあり、どこかそらぞらしく、どこか具体的実感を欠き、どこかバタくさいのは、権力という言葉そのものが西洋概念からの翻訳語であるところから抜けきっていないからでしょうか。

日本史上の代表的権力ともいうべき徳川権力というものは、どういうものでしょう。権力者としての徳川将軍家は、たとえば同時代の清朝の皇帝のそれのような絶対性はもっていませんでした。徳川権力は絶対的性格よりもむしろ調整的性格のもので、三百諸侯の上に乗っかった盟主であるという存在であったようです。三百諸侯のうちの譜代大名群は将軍家の与党でしたが、外様大名群は、無言の野党とでもいうべき存在でした。もっともこの野党にも半与党的な存在もあって、それらに対しては「准譜代」という待遇があたえられていました。例をあげますと、伊勢の津の藤堂《とうどう》家三十二万三千石、因州鳥取三十五万五千石の池田家、備前岡山の三十一万五千石の池田家、土佐二十四万二千石の山内家、肥後熊本五十四万石の細川家、筑前福岡五十二万石の黒田家といった存在です。むろん、徳川氏は懐柔の上からそのようにしたのです。家康は関ケ原の勝利によって天下をとったのですが、このときかれに協力した野党大名に対し、とくに准譜代の待遇にし、譜代大名に準ずべきものとしました。そういう儀礼的待遇をあたえるかわりに、徳川家への絶対的忠誠を期待したのです。強制ではなく、期待であります。強制できるほどの強い権力では、徳川権力はありませんでした。

准譜代に期待した徳川家への絶対的忠誠というのは、具体的にいえば野党——無言の批判勢力としての外様大名——への監視でありました。その代表が、長州の毛利家と薩摩の島津家であります。家康は、その死に臨んでなおこの両勢力の存在を気にし、銘刀三池典太を罪囚の生き胴を斬らせることによって試させ、

「この太刀をわがかばねのそばにおけ。屍は西にむけよ。永く西を護らん」

と遺言したという話はひろく知られています。

九州の熊本に准譜代の細川家を置き、天下の巨城である熊本城をまもらせたのは島津への防ぎのためであることはいうまでもありません。その防ぎの装置をいかに巧妙にいかに丹念にやったかをのべますと、細川一手では心もとないと思い、福岡の黒田氏をも准譜代にし、第二線に配置しました。しかもその軍事指揮権はこの二つの大藩にもたせず、純粋与党（譜代）である小倉十五万石の小笠原家にその名誉と権能をもたせ、九州探題としてのそれを世襲させました。

それでもなお島津氏がそれらを跳ねかえして山陽道へ兵をすすめた場合をかんがえ、そのときのおさえとして備前岡山と因州鳥取の両池田氏（石高は両家および支藩をあわせて九十一万石）という准譜代をしてそれらを防がせしめるべく配置してあります。島津・毛利といった野党がなおそれを撃破して京へのぼった場合、伊勢の津に置いてある准譜代の藤堂氏に立ちあがらせて京を防がせしめる。その間《かん》、四国などがさわがないよう、准譜代山内氏に土佐国一国をあたえて徳川家のために与党活動をせしめるべく義務づけてあります。

以上が、徳川家の毛利・島津対策の骨子であり、准譜代の家々はその防衛上の義務を代々世襲して幕末にいたっています。幕末、右の准譜代の諸藩――たとえば福岡藩、熊本藩――が、本来野党たるべき批判勢力としての行動をとらず、終始親幕方針をとったために維新に乗りおくれてしまったのは、右のような義務が、大名としての成立条件の基礎にあったからで、当然なことといえます。

このような「准譜代」の存在というものをいまここで例にひいておりますのは、徳川権力の内容がどういうものであったかということを知ってもらいたいからであります。明快に与党と野党にわかれていたことが、これでもおわかりかと思います。よく指摘されるように、徳川権力を運営する役目は、与党大名である譜代大名だけにしか与えられておりません。島津氏や毛利氏、あるいは加賀の前田氏や奥州の伊達氏が、いかに大きな封地《ほうち》をあたえられていても、老中（閣僚）や若年寄（局長）になることはできません。准譜代にも、その資格はありません。与党にのみ、閣僚になったりその他の役人になったりする資格があたえられています。こういう点からみれば、「外様には大封をあたえる。しかし日本国の政治にはタッチさせない。一方、譜代には小封しかあたえないが、しかし国政の運営権をあたえる」という構造の二重性がありありとうかがえます。権力についての日本的風土の実態はこの角度からもよく見えるはずであります。要するに徳川権力というものは外様大名という強大にしてしかも無言である批判勢力をかかえた存在であったことは、くどいようですが、日本的政治風土を考える上で重大なことであると思います。徳川権力が衰弱してくればかならずその野党が批判的性格を露骨にして立ちあがってくるということは、ペリー来航以後の薩長の姿を見ればよくわかることであり、この図式はすでに家康の生存当時に陰画として存在していたことは前記の家康の遺言によってでもよくうかがえます。すこし四捨五入した言い方でいえば、「徳川家が天下担当能力を欠いたとき薩長がそれにとってかわる」ということであります。こういう体制内の野党的存在というものを抱きかかえて徳川権力が成立していたというようなことは、同時代の東アジアの隣国である中国や、中国体制の縮刷版である李氏朝鮮にはまったくみられず、この隣国の人々に当時の徳川体制について百万言をついやしてもおそらく理解してもらえないでしょう。

要するに私は、日本は絶対権力の成立しにくい国であり、成立しても長い寿命は期待できないということを言おうとしています。

思いつくままに述べます。

時代がさかのぼりますが、八世紀のはじめ、中国体制に原型をもとめる律令《りつりょう》体制というものが、まがりなりにも成立しました。この中国的律令体制というのは、中国や朝鮮にあっては二十世紀のはじめまでつづき、結局はアジア的停滞といわれる弾力性のない民族社会をつくってしまうのですが、日本は八世紀初頭にそれをまねた早々から落第生でありました。朝鮮は優等生であり、日本は目もあてられないほどの劣等生であります。

この制度は儒教的文治主義をたてまえとした官僚的中央集権制度ですが、その目的は帝権の絶対的専制化にあります。日本は、大化改新ごろから奈良朝期にかけて、ともかくも帝権を絶対的なものにしたく、この制度を輸入することによって他の類似勢力――土着勢力――をつぶし、つぶすというこの作業を正当化したのです。つぶすという作業を実際に推進したのは藤原氏でした。藤原氏は在来の天皇家類似の土着勢力の出身ではなく、単に天皇家の側近だっただけの存在だったのですが、この潰し作業を通じて勢力が強大になりました。藤原氏権力というのは要するに側近権力として出発したのです。

この藤原氏が、権力の機能を天皇と分けあいました。簡単に言いきってしまえば、律令制天皇は、そのモデルである中国の皇帝制のような絶対的専制権をもつことができず、象徴者もしくは祭祀者としての神聖をえただけで、実際の政権は藤原氏がとりました。つまり二重構造であります。さらには日本が律令制の極端な落第生であったことは、律令制の基本の一つである官吏登用の方法としての試験制度を藤原氏がアイマイにしてしまったことです。皇帝直裁の試験にさえ合格すれば皇帝の官吏として宰相にまでのぼれるということは律令制の導入者であった藤原氏みずからが否定し、朝廷の要職は藤原氏の血族によってにぎられ、権力は血脈相続になりました。その血脈相続もしだいに複雑になり、藤原南家と北家がわかれ、さらに五摂家、清華家《せいが》などにわかれるなどして分岐しました。このようにいうのは、血脈相続うんぬんを語ろうとするのでなく、日本人の権力社会史というのは、じつに権力の形態としてヘンなものだということを観じようとして申しているのであります。権力が一人に集中することをこうまでも避けつづけてきた社会というのは、他の国にはないのではないでしょうか。藤原氏という一大権力集団でも、権力が一人に集中することはなく、複雑にからみあって、権力そのもののエネルギーを藤原集団の内部で相殺しあっているような観があり、その相殺作用をよくよくみれば自然界の生態を観察するようなおどろきをおぼえます。

平安朝も末期になると、関東で武家集団が結束するにいたるのです。律令制に対する一大批判勢力というべきもので、中国史や朝鮮史からみれば、じつにヘンなぐあいのものであります。

言葉というのは中身と関係なしに概念として、もしくはレッテルとしてつかわれるものですが、そしてまた、そういう使われ方をしなければ論理が組みあがらないという不自由さがありますが、しかし実態をうしなうことになります。たとえばプロレタリアートという、いまの日本的現実では中身を失っている言葉が、術語としてなお使われておりますし、それを使わなければ論理が組みあがってゆかず、どんどんつかううちに論理はカイコの糸のようにどんどん生産されてゆきますが、しかしながら物の実態からは遠ざかります。

武家もしくは武士という言葉もそうであります。日本の社会史上もしくは倫理的な課題のばあいにつかわれるこのコトバは、術語として機械的に使われすぎています。

平安末期に関東で結束した武士というのは、開墾地主のことです。そういうものであって、他にヤヤコシイ想念をくっつける必要はない。

律令体制では、アッサリいえば土地は公有でした。かたちだけでいえば社会主義体制に似ています。ただし本質は奴隷制とも見られなくはありません。天皇家と少数の公家貴族、それに僧侶を不労所得者とし、効率よく収奪するために土地を公有にし、人民をオオミタカラという働く機械にしたという点で、そういうことになりましょう。

韓国の例をひきます。この国はずっと律令体制で、とくに李朝五百年は模範的な中国体制であったことはすでにのべました。ですから、「天が公有であるがごとく土地も公有だ」と思ってずっとやってきました。自分の田ンボを登記したりしません。「山ふもとの田ンボは、李さんが耕している田だ」

ということだけで、ずっときていました。そういうところへ、あの悪名高い日韓併合がおこなわれたのです。日本人がやってきて人のいい韓国人から土地をとりあげたというのは、具体的にいえば、悪い日本人が役場へ行って勝手に登記して、「サァここはおれの土地だ、文句があるなら裁判所へゆこう」と大声をあげることであります。いかに争って泣いても、裁判所の決定には勝てない。要するに韓国は日韓併合まではそのような土地の観念でやってきました。日本の奈良朝・平安朝のようなものであります。

ところが日本は律令制の落第生ですから、土地公有の面でも落第している。律令制において土地の私有をみとめるという場合、いろいろ特例がもうけられていたのですが、この特例が常態のようになった。荘園の発生というのは、それであります。

土地公有制でありながら、

「自分で開墾した土地は、永久私有をみとめる」

という法律が出たのは、天平十五年（七四三）だといいますから、早くから公有制の一角がくずれていたのです。力のつよい一族が、せっせと荒地をひらいて自分の私有にしましたが、ただ私有にすると、ずいぶん租税をとられます。その租税をとられないヌケミチは、京の公家や寺院に寄進するという形式をとることであります。たとえば関東の開墾地主が、開墾した自分の田を、京のフジワラノナニガシに寄進してその貴族に「領家」になってもらう。その貴族になにがしかの米をもってゆけば、租税がたすかり、あとは地主の自由になる。脱税であります。

平安中期ごろから、関東平野の灌漑がすすみ、墾田がどんどんできて、地主がふえてきました。いわゆる武士の発生であります。関東にそういう者がひしめいていました。

ところが、土地公有制度下におけるかれらの土地私有権はじつに不安なもので、ヌケミチの上に立っている。自分で開墾した土地であるのに、京の公家を所有上の名義人にしなければ私有できない。つねに法の前でおびえざるをえず、それに、不労所得者である公家の存在に対しても腹が立ち、腹が立つ以上に不安であります。

そういう私有権についての不安や矛盾もしくは基底になっている欲望が鬱積して、ついに関東独立運動ともいうべきいきおいで沸騰したのが、源頼朝の挙兵です。むろん頼朝の挙兵は民族の大いなるロマンのひとつとして伝承されてきましたし、むしろロマンとして伝承してさしつかえはないでしょうが、実情はもっと苛烈な欲望の表現であります。

「自分はその欲望によって推された」

ということをもっともよく知っていたのは頼朝自身であったでしょう。頼朝というのは、出来すぎるほどに現実認識のできた人物でありました。

関東の地主勢は、結束して律令体制に反抗したかったのですが、しかしそれでもなお結束するだけの自信がなかったのは、自分たちが百姓にすぎないというひけめがあったからです。かれらは律令的権威である京都貴族を、腹が立ちながらも必要悪としての権威として認めておりました。

関東の伊豆の蛭《ひる》ケ小島という湿田地帯に流されてきていた頼朝というのは、少年のころに「従五位下右兵衛佐《うひょうえのすけ》」という官位をもっていたことが、この関東的状況のなかで大きな価値でありました。

右兵衛佐というのは、公卿ではありません。公卿というのは貴族といっていいでしょう。公卿ではないが、まあ官人です。官人であっても、頼朝は京のカケラというにふさわしい。関東の地主たちは、その京のカケラをかつぎあげたのです。

かれをかついだのは、地主勢力のなかでも大なる一つとして数えてもいい伊豆の北条氏でした。北条時政の娘政子が頼朝に通じていたために、時政はいわば舅《しゅうと》でありました。頼朝は兵をもたない「京のカケラ」にすぎないために、兵は時政とその同調者が出しました。頼朝が石橋山の一戦でやぶれたあと、安房《あわ》へ走るのですが、この流人兼敗残者のもとにみるみる兵があつまってきて日本最大の軍団をつくりあげるのは、右のような事情があったからです。

やがて、変形的な律令政権である平氏をほろぼしてしまいます。その間、京のカケラである頼朝は一度も京にのぼらない。かれは自分を成立させている関東地主団が、頼朝に対して危険を感じているということを知りぬいていたからです。京にのぼれば頼朝は平氏のように律令的権威にとりつかれて公卿になり、関東の地主団の欲望と要求を見すてるのではないか、というのが関東地主団のたえざる疑惑でした。頼朝は天下でおそれつづけたのはこの足元からの疑惑です。平氏征討司令官である弟の義経が京都の律令勢力のとりこになったのを見てしつこく追及し、ついに弁明もきかずに殺してしまったというのは、すこしでも関東地主団から疑われることを避けたかったからでした。「頼朝は猜疑心《さいぎしん》つよし」という性格論に帰納さるべき問題ではないのです。頼朝の存立の危機にかかわることで、頼朝は関東地主団からほうりだされれば、樹から落ちたただのサルになるわけで、その苛烈な事情を知りもせず知ってやろうともしない義経こそ、頼朝のもっとものろうべき存在だったでしょう。「平家物語」の作者でさえ、そのことに気づいていたのかどうか、すくなくともその記述からみれば気づいていなかった様子です。ともかくも義経の悲劇などはとるにたりないことであります。頼朝権力のもつ宿命的な悲痛さのほうがすさまじい感じが致します。

鎌倉権力は、すべての日本の権力がそうであるように、頼朝と北条氏の二重装置になっていました。頼朝が死ぬと、北条氏が実権をにぎります。頼朝が死に、その長子頼家が二代将軍になると、頼家があまりに賢すぎるということで、その専断権をうばわれたということをみても、いかにも日本的権力の原則的な姿であります。

頼家が家督をついだのが、正治元年（一一九九）正月で、四月にはその訴訟の決定権をうばわれています。すべての政治は大小となく北条氏や幕府の元老たちの合議によること、というふうになりました。頼家の不幸は、それをきらい、独裁権を得ようとして苦心し、しばしば独裁権をふるったために、将軍にあることわずか四年で北条氏のために浴室で虐殺されたことでした。北条氏の横暴をうんぬんするよりも、独裁者をゆるさないというのが、どうやら日本的権力の原理のようなのです。

そしてつねに二重構造であることです。ひろくみれば鎌倉体制は守護・地頭などを全国に置くことによって全国支配を確立したようにもみえますが、半面、京都の律令的権力をのこし、たがいに批判勢力として一つ地面の上に嚙みあいつつ、二重装置の上で日本的安定を見出しています。

後年、後醍醐天皇という人が出現し、中国の皇帝のような専制権を確立しようとして謀叛（当時のことば）をくわだて、ついに鎌倉の北条武家政権をたおしましたが、後醍醐体制というこの専制体制はまったく人気がなく、足利尊氏によってたおされ、ふたたび日本は二重装置にもどっています。足利権力は与党、京都の公家勢力は体制内の野党として温存されました。足利権力は、いっそ京都の公家勢力を一掃してしまえばよさそうなものですが、それをしようとしなかったのは、権力が一枚っきりになるのを本能的におそれたのです。日本人の独裁ぎらいということは、こういうあたりの機微をみても察することができるでしょう。

日本史上、織田信長ほどの独裁者もいないでしょう。かれの天才性は、独裁であることを当然ながら欲しました。天下をとるまではそのほうがはるかに運動性が高いために、ひとびとはそれをゆるしていた感じであります。しかしながらかれの独裁政権の基礎がどうやら確実になろうとする、いわばその妙機においてかれはその批判者のために斃《たお》されてしまっています。批判者は自分の権力をつくるためというよりも、その行動と状況からみれば、倒さんがために倒したというきわめて発作性のつよい行動をとっているのも、日本的原則からいえば、発作的であるがために原則的行動としては純度が高いように思われます。

家康は、徳川幕府を永続させるためにその運営機構を考え、死にのぞんで、かれはそれを守ることを命じました。すべての運営は合議によるという考え方であり、行政上のすべてのポストは複数制にしました。江戸町奉行が二人いるというのがその好例ですが、町奉行だけでなく、老中、若年寄、各奉行はすべて複数制でありました。一人が枢要な職権を独占してそこに権力が溜まって肥大するということを家康ほどおそれた者はありません。かれはかれの子孫の将軍に専制権をあたえなかったばかりか、ほとんど決定権をもたない職にしてしまいました。かれは自分の子孫から鎌倉二代将軍頼家の悲劇をみる者が出ることを、そういう制度によってふせいだのです。家康の政権は、日本の歴史においてさまざまな政権がさまざまなテストをうけてきたあとに成立したために、「どういう権力が日本的現実のなかでより自然であるか」ということを知りぬいていたようであります。家康にえらさがあるとすれば、そういうところであリましょう。馬上天下をとった者にしては、できすぎた感覚だとおもいます。

ただ家康的原理から離れた独裁的性向のつよい政治家が、徳川期にはわずかの人数ながら出ました。みな失脚しましたが、そのなかでその傾向の最大な者が井伊直弼《なおすけ》であります。直弼の政治家としての志向がどの辺にあったかということは、かれの政治生命とすこしのかかわりもありません。かれが攘夷論者であったか開国論者であったか、それとも尊王家であったか非尊王家であったかという議論がしばしばおこなわれますが、それはかれの死に直接つながらないものであります。かれがその生命を断たれざるをえなかったのは、かれを殺す以外にかれの専制をやめさせることができないという政治状況をかれ自らがつくったことによります。かれは幕府機構を手直しして、すべての権力が自分に集中するように造作を変えてしまい、内部においても批判勢力をゆるさず、まして外部においてもそれをゆるさず、いっさいの風通しのための窓を封じ、窓なしのベトン製のトーチカのような権力機構をつくってしまったために、批判勢力は明智光秀が信長に対しておこなったように、あるいは遠くは北条氏が頼家に対しておこなったように、白刃をもって批判せざるをえなかったのです。井伊時代、かれを批判しようとすればそれ以外の方法があったでしょうか。日本には史上無数の暗殺事件がありましたが、そのほとんどは意味のないものでありました。わずかに唯一の批判手段としての暗殺は、近世では井伊直弼を要撃した桜田門外ノ変があるのみです。

あるいはこれにつけ足すとすれば、明治十一年における井伊直弼的な存在であった内務卿大久保利通の暗殺事件があります。しかしながらこの大久保内務卿時代の状況としては、匕首《ひしゅ》以外に批判手段なしというほどぎりぎりの専制体制であったかどうかそれは疑問であり、そういう意味でこの大久保卿殺しは私は単なる殺人事件としてしか評価できないように思います。しかしながら一面では、大久保卿の専制的性格は濃く、専制をきらう日本人の権力感覚からみればきわめて不適格な政治家であったということは言えそうです。

なぜ日本では頼朝が生き、信長が死に、家康が生き、井伊直弼や大久保利通が死なねばならなかったかについて以上のように考えてみたのですが、こう考えてくると、権力というものをめぐっての日本人の精神風土というものは、相当むずかしいものだと思わざるをえません。

株式会社というのは、株主総会という制度化された批判機能をかかえているという点で、きわめて日本的な右の風土性と適合した存在だとおもいます。しかしながら実際の運営面では株主総会というものはさほどの機能を発揮していないということもたしかであり、また同時に機能を発揮しなくても問題のない会社が大部分であるということもたしかでしょう。

しかしながら、独裁的で専制的な性格のつよい社長が出てきたばあい、その暴を制御すべき能力はいまの株主総会にはないようです。

結局は、労働組合が、集団発狂したようになって、機能違いの存在ながら臨時の制御装置としてブレーキの役目をはたさざるをえないというのは、やむをえないことだと思います。

戦後型の実業家は、じつに強引で強気一方なひとが多い。ところが戦後という経済状況のなかではそれで成功してきたのです。金を借りすぎて放漫な設備投資をしすぎても、結局は買った土地がことごとく馬鹿値上りにあがって、妙なところでペイしてしまったのです。決して彼のやりかたがあたったのではなく、べつの要素がかれのやり方の帳尻を結果として数字で合わしてくれたにすぎない場合が多いようです。

そういう成功者が、いまや六十を越えて老化し、いたずらに英雄的自己肥大をおこして専制権を確立することでいい気持になっている会社が多いように見うけられます。そういう社長にとって、光文社騒動や時事通信騒動は決して対岸の火事ではありません。

ああいう一連の現象をもって、そういう社長たちがあれはアカだとか、ミンセイだとか、反ニッキョウだとかいっているようなことでは、救いがたいと思います。そういう状況ではそのようになるのが、好むと好まざるとにかかわらず、日本的原理であるということを知るべきだと思います。

霍去病の墓

この五月、西安（むかしの長安）の郊外を西へ出て、やがて渭《い》水《すい》の橋をわたったころから、天気がわるくなった。一望の麦畑の上に雲が降りたように雨気が満ち、そのせいか、ひどく寒かった。

前日、洛陽では暑かった。洛陽名物の牡《ぼ》丹《たん》がしぼんでしまっていたことからみても、季節は日本と変らないはずなのに、雨がふると様子が変るようだった。それとも、旅の疲れで自分の健康がおかしくなっているのかと不安になった。体が小きざみにふるえてとまらないのである。私は保温にすこしは役立つかと思い、タオルを襟から押しこんでみた。外界の温度より、あるいは私の体が疲れすぎていたのかもしれない。

同乗の中国側の係員のG君が、急に霍去病《かくきょへい》の話をしはじめた。

「霍去病というのは、病身だったんじゃないでしょうか」

私は寒さと疲れでぼんやりしていたのだが、G君のこの話題は唐突ではなかった。

私どもは、霍去病という、紀元前一一七年に若くして死んだ漢の将軍の古い墳墓にゆく途中だったのである。茂陵《もりよう》へもゆく。茂陵は、霍去病が仕えた漢の武帝の陵墓である。なるほど霍去病という変な名前は、かれが病身であったことを想像させる。二十四、五歳で死んだというからあるいは結核だったかもしれず、季節はずれの寒さの中でそれを考えていると、日本史でいえば卑弥呼よりもはるかな以前の中国社会に出現したこの若い天才の名前が、なにやら雨気のなかで人格を帯びて感じられてくるようでもあった。

前漢帝国の最盛期というのは、近代までの中国文明史のなかで、ある意味では頂点だったように思える。その後、中国は下り坂になって、はるか二千年後に、いまの新中国が奇蹟的に興ったという見方さえできるほどに、漢のころというのは人間くさい文明が爛熟し、『漢書』や『史記』に登場する人間たちは、近代人のような心理のかげりをもっていたような感じさえする。

長安の西郊は、漢代や唐代の古墳が多い。車のなかから望んでも、道路の北のほうはるかにつづく麦畑のむこうにしばしば丘陵が霞《かす》んでは消えた。まことに、風景は麦《むぎ》青《あお》一色なのである。ときどき海を行っているような錯覚さえ覚えた。

「以前、このあたりは、麦畑などはあまりなくて、もっと荒れた感じでした」

と、あとで、井上靖氏がいわれた。私どもは井上靖氏を団長としてこの国にきている。井上氏が以前――むろん新しい中国になってから――来られたときはそのようだったというから、このようにゆけどもゆけどもつづくこの麦畑というのは、長安郊外の新風景なのであろう。古来、中国というのは、食糧の値段が高騰したり飢饉がおこると、王朝がくつがえされた。流民を生じ、流民が大集団にふくれあがり、やがて軍閥が構成され、軍閥――流民団――が相たたかってやがて最大の流民数をもつ者が易《えき》姓《せい》革命をおこすというのが、中国史の定型になっている。いまの中国は、これほど広大な領域でありながら、河川のちっぽけな中洲や運河の河川敷までこまごまと耕されて穀物がうえられているのに驚かされる。かつては灌漑がむずかしいとされて荒蕪《こうぶ》のまますてられていた長安西北方のこの台地もそうで、これが一望の麦畑に化しているというのは、新中国が、ともかくも人民を食わせて着せるということに内政の焦点をつよくしぼっているということを感じさせる。

「渭水から西北のこの台地がこのように耕されたというのは、中国はじまって以来ではないでしょうか」

と、同乗の西安の作家にきくと、そうです、とかれは答えた。漢帝国のころは、ここが荒蕪地だったからこそ、帝王や貴族、大官たちの墳墓の地域にされていたのであろう。

武帝がねむっている茂陵は、そういう麦畑のなかに、周囲二四〇メートルという青い丘陵を盛りあげている。未発掘で、しかも盗掘された形跡もないという。もし将来、発掘されるようなことがあれば、前漢を通じてこの造営の時代が最も富み、かつこの人物そのものが英雄的な威福を誇った存在だっただけに、どれほどのものが出土するか、こんにちの考古学の常識だけでは見当がつきにくいといわれる。

「解放後、政府は武帝の茂陵と霍去病の墓を重視してきました」

と、このあたりの古墳群（たとえば則天武后の乾陵《けんりょう》や永泰公主の墓など）を管理している責任者の人が、一息入れてから言葉をつよくしてそのことをいったのが、印象的だった。

新中国には、歴史上の人物に好悪がある。現在の価値観から過去を価値づけるというゆき方をとっているため、たとえばかつては悪女の典型のようにされていた唐の則天武后（六二三～七〇五）などは儒家を排斥して法家的政治をおこなったというだけで、きわめて高い点数がつけられている。新中国の歴史観は単にマルクス史観をとるだけでなく、独自の見方もないまぜられているのである。儒家は古代奴隷社会の奴隷主を美化するということで悪であるとされ、一方、法家が善とされる。尊法家史観とでもいうべきもので、その法家であることの条件も、かならずしも『韓非子』の愛読者である必要はなさそうで、要するに法治意識のさかんな合理主義的政治家であれば、おそらく法家というのであろう。中国の政治史を、儒家と法家の抗争史であるという見方が新中国につよく、その見方の上に立って則天武后の善が成立するのである。

漢の武帝における善の規定は――いかにも中国人らしい大ぶりさだが――この尊法家史観をあてはめてのことではないらしい。

武帝の性格は、右の勝手な規定でいえば多分に法家的ではあったが、しかしかれは儒教へ大いに傾斜した。かれは中国政治思想史上、最初に儒教を国家公認の教学とした帝王で、以後、儒教が中国専制王朝の教学的支柱になり、要するに近代の感覚でいえば、中国の政治・社会の体質が骨がらみの儒教でもって毒される最初の基礎をつくったのが、武帝なのである。その点からいえば悪玉に分類されても仕方がないのだが、しかし新中国は則天武后の場合とはちがい、武帝に対して尊法家史観をあてはめることをひかえている。

おそらく武帝が「重視」されているのは、かれが漢民族の帝王として、最初に辺境の騎馬民族帝国（匈奴《きょうど》帝国）に対して痛撃をあたえ、しかもあたえつづけてついにかれらの帝国を突きくずし、このようにして漢帝国の成立以来、かれらから受けてきた辺境の害患を武帝一代でとりのぞいたということであろう。さらには、それまで匈奴によってはばまれていた西域との交通、交易を、中国史上最初に打開したということも、大きい。

紀元前から中国の王朝のわずらいは、辺境にあった。

いまの中国も、その点かわらない。

かつて、中国歴代の農業帝国をなやましつづけた辺境の騎馬民族というのは、民族の生産形式そのものが軍事的であるため、たとえば漢代の表現によれば、

「匈奴の人口は漢の一郡にもあたらない。それでもなお、漢はこれをどうすることもできない」

といわれ、軍事的にこれを排除するというのは至難のこととされた。漢帝国を興した漢ノ高祖でさえ、匈奴の大包囲をうけて進退をうしない、屈辱的な和を乞うてかろうじて命びろいをした。武帝よりはるかな後世のことになるが、十三世紀のモンゴルの元帝国はたかだか男女百万ほどの人口をもって中国大陸を征服したし、十七世紀の満州騎馬民族は人口六十万ほどで長城を越え、清帝国という異民族王朝をつくっている。

中国にとって辺境のわずらいというのは、昔もいまもかわらない。かつて匈奴がいた辺境のほとんどはいまはソ連領であり、かつての匈奴と酷似したイメージでもって、

ソ連軍がいる。中国が対峙《たいじ》を強いられている中ソ国境は一万数千キロという気の遠くなるような長大さであり、しかも国境線にいる超大国の陸軍は全軍が機械化されて自走力をもつ点、かつての匈奴に類似し、しかも兵数においてはかつての匈奴の比ではない。中国にとって宿命的な外圧というのは、古代以来、いまもつづいているのである。

武帝への評価のよさは、あるいは右の慢性的な事情と無縁でないかもしれない。

「武帝の匈奴に対する戦争は、正義のたたかいでした」

と、このあたりの文物(古墳とその出土品)を管理している責任者は、あざやかなほどの明晰《めいせき》さで説明した。

私は物心がついたころにモンゴル語と中国語を勉強したせいなのか、どう仕様もなく中国人が好きである。さらには中国のいまの体制は、ほとんど死に瀕《ひん》していた中国と中国民族をよみがえらせたことでほとんど無条件でよろこんでいるし、また革命が内部的に崩れかけたときにプロレタリア文化大革命とか批林批孔運動でささえたということも、中国人のために幸いだったと思っている。しかし、モンゴル語というかつての騎馬民族のことばが第一外国語だったせいか——われながら滑稽だと思うのだが——モンゴル民族と漢民族のことになると、複雑な気持になる。漢の武帝の匈奴征伐は漢民族に即して考えれば爽快な気分をもつのだが、しかしわざわざ評価してあれは正義のたたかいであったとまでは、うまく割り切れない。

いまの中国は、諸事論理的で、従って責任者の説明も論理的である。新中国の歴史観では、孔子が古《いにしえ》として尚《とうと》んでいる堯舜《ぎょうしゅん》の世や殷《いん》、周のころは奴隷制社会で、社会の段階的発展により、新興の地主階級がこれを次第につきくずしてゆく。奴隷制社会をたおして封建制をつくったという段階にかぎっては地主階級は善なのである。

「漢の武帝は、地主階級を代表しています」

と、責任者はいった。

一方、説明によると、匈奴の王（単于《ぜんう》）は奴隷制社会の代表なのである。匈奴の王は数十万の騎兵をもっているが、この騎兵が奴隷ということであろう。当時のモンゴル高原の騎馬民族の社会制度がこんにち十分に明らかにされているわけではないので、かれらが奴隷制社会であったのかどうか、私にはよくわからない。私は、遊牧民族と農業民族は、土地をめぐって利害がまったく相反するために古代以来、この二つの生産グループのあいだで争闘がおこなわれたと思っていたが、この見方も大ざっぱすぎて細部において実際にそうかといわれれば、まったく自信がない。ただ、新中国の右の見方できわだっていると思えるのは、問題を異民族間の闘争として見ず、社会制度の相違でとらえていることである。このようにとらえてくれれば、現実に中国内部で暮らしているモンゴル人がこれをきいても、決してわるい気はしない。

「武帝は地主代表として封建制を守らねばなりません。その意味において、この奴隷制社会とのたたかいは、正義のたたかいだったのです」

茂陵をながめているうちに、髪がしめる程度に雨気がひどくなった。茂陵の頂上まではふもとからひっかいたように、道路ともいえないほどの赤土の線条がついているのだが、その線条はこの程度の雨でもぬかるんでしまっていて、とても登れないという。

やむなく、麦畑の中の車にひっかえした。

「これから、霍去病の墓へゆきます」

と、案内のたれかがいった。

武帝から愛と尊敬をうけつつ若く死んだ霍去病は、武帝の意志によって茂陵のそばに葬られた。両者の関係がここまで濃密だったのかということを、私はこの現地を訪れるまで実感としてはわからなかった。

人間の才能のなかで、名将の才ほど得がたいものはないように思える。

一民族が、一時代に、すぐれた芸術家を何人ももつことができるが、すぐれた将軍の才能というのは民族のながい歴史のなかで、多くて数人といえるのではないか。日本の場合、源義経、武田信玄……とかぞえてくると、あと何人も居そうにはない。中国の場合、記録された歴史がながく、また地広く人多いために、該当者が多いが、しかし霍去病ほど若くしてあざやかな光芒《こうぼう》をのこした者となると、類がなさそうである。

「霍去病は、もともと奴隷の出身でした。武帝が、匈奴に打ち勝つ自信のある者はいないかと公募したとき、それに応じてかれは将軍になったのです」

と、霍去病の墓域のなかにある休息所で、責任者のひとが説明したが、これはまちがいでないとすれば、ひどく劇的な言いまわしでありすぎるといわねばならない。霍去病の閲歴については、ほぼ同時代人である司馬遷が、『史記』の「衛将軍・驃《ひょう》騎《き》列伝」でとりあげている。さらに『漢書』の「衛青・霍去病伝」にも出ている。それ以外に典拠はなさそうである。

ところで、かれが奴隷の出であると言ってしまうには、よほどの説明が必要かもしれない。

武帝の姉のひとりが、平陽（山西省）侯に嫁して平陽公主とよばれていた。この平陽侯の家に鄭季という色好みの小役人がいて、平陽公主につかえている女奴隷と通じた。女奴隷にはろくに名前などはなくて、若いころはどういう呼び名だったかわからないが、のちに衛ばあさん（衛媼《えいおう》）とよばれた。彼女は、鄭季の子とおもわれる何人かの男女を生んだ。そのうち子夫という娘が非常な美人で、平陽公主に仕えるうちに武帝に見初《みそ》められ、その後宮に入り、ついには皇后になる。

この衛ばあさんのいまひとりの男の子が、衛青（子夫の弟）である。若いころは単に青とよばれた。姉の子夫がまだ武帝にめぐりあっていないころ、青は単なる奴隷だった。あるとき、囚人が衛青の人相をみて、「あなたには貴相がある。将来は封侯にのぼるだろう」といったとき、衛青は迷惑がって、「自分は奴隷の身だから、すこしでも笞《むちう》たれなければそれでいいのです」といったというから、衛青はあきらかに奴隷身分だったに相違ない。

その衛青が、姉の栄達とともに武帝にひきたてられ、やがて車騎将軍になり、匈奴と決戦するための専門的な軍人になった。衛青は、当時勝ちがたいとされた匈奴に対し、戦えばかならず勝つという奇蹟を、中国史上、最初にあらわしてみせる将軍になった。将軍の才能というのはうまれつきのもので、稀有にしか存在しないということについてさきに触れたが、衛青の奇蹟はかれ自身のものとはいえ、武帝という、一代が幸運の星にちりばめられたような人物には、そういう才能を無造作にすくいあげてしまう運が憑《つ》いていたとしか思えない。衛青はやがて大将軍になり、遠征するごとに成功した。

衛ばあさんには、子夫のほかに、子夫にとって姉にあたる少児《しょうじ》という娘がいた。彼女もおそらく美人だったであろう。少児が誰の妻になったのか不明だが、ともかくも男児を生み、それがやがて霍去病になった。霍去病は、武帝夫人にとっても衛青にとっても甥にあたる。

霍去病はおじの衛青とは一世代ちがうために、かれは奴隷の境涯を知ることなく成人したにちがいない。霍去病は少年のころから武帝に愛され、わずか十八歳で侍中《じちゅう》に任ぜられているのである。侍中とは漢代では宰相の職であり、異例の寵遇《ちょうぐう》といっていい。

「霍去病は若くして高位についたせいか、木で鼻をくったようなところがあって、部下を恤《あわれ》むというところがなかった」

という旨の評判を『史記』は採録している。要するにおじの衛青とはちがい、生まれながらの貴族――皇后のおい――として生い育った。しかしかれの祖母の衛ばあさんが女奴隷だったことに力点を置けば、霍去病の素生《すじょう》も奴隷ということになるかもしれず、これは要するにとらえ方の相違ということかもしれない。

説明者のとらえ方には、新中国で普及している一つの考え方が反映している。新中国では「出身がいい」というのは貧農、労働者階級の出身のことで、逆に地主階級の出身の者は「私は出身がよくありませんから、人一倍勉強して人民に学ばねばならないのです」といったようなことをいう。霍去病は新中国の歴史観では、いわば愛されている。愛される以上は当然ながらいい身分の出身でなければならず、そのためにかれは祖母の衛ばあさんの身分にひきよせられて奴隷身分の出身ということになっているのであろう。物の相――ときに本質でさえ――力点の置き方で変るものだから、それはそれで間違いではなく、むしろ正確という点でより深刻さを帯びているといえるかもしれない。

霍去病の最初の従軍は、『史記』によると侍中の身分のまま十八歳で、おじの衛青に従ったものであるらしい。かれは、モンゴル人のように騎射にすぐれていた。最初の従軍については、察するに見習だったらしい。武帝は、かれをテストしたのではないか。二度目の従軍のときは、衛青の配慮というより武帝の指図でかれは剽姚校尉《ひょうようこうい》という軍職につき、軽装の壮勇八百騎をあたえられた。遊撃騎兵旅団ともいうべき機能をはたし、衛青の主力軍と離れて戦闘運動をし、匈奴を大いに破り、首級・捕虜二千二十八を獲た。そのなかに匈奴の長老や単于の叔父などがまじっていたから、武帝は大いにその功をたたえて、冠軍侯にした。これが、十八歳のときなのか、十九歳ぐらいなのか。

それから三年後に驃騎将軍になった。もし右の武功が十八歳のときなら、二十一歳という若さである。かれは、一万騎をひきいて遠く沙漠を越え、匈奴の本拠地へゆき、それを一挙にくつがえすほどの圧倒的な勝利をおさめた。敵の首級・捕虜を獲ること八千余、そのなかに匈奴の王の盧胡王《ろこおう》、渾邪《こんや》王の子および相国、都尉といった有力な者がまじっていた。武帝はその功によって、二千戸を増封した。

この時代、軍人に対する信賞必罰はきびしかった。将軍にして、臆病だったり、敗けたり、自軍との戦術的連繋で失敗したりすると、容赦なく死罪になったり、栄爵を剝《は》いで庶民におとされたりした。一作戦ごとに、賞罰の裁判がおこなわれた。霍去病への行賞のなかに、武帝夫人の甥という特別な情実の要素が入っていたということは、他の将軍に対する例をみても考えられず、かれはつねにかれがもたらした結果によって武帝から賞されたのである。

その後、霍去病の出撃は、回をかさねるごとに、巨大な奇蹟を生んだ。

かれの最後の大作戦というのは、遠くゴビ沙漠を越えて北上し、いまのモンゴル高原に入り、さらに北へすすんで翰海《かんかい》（バイカル湖という説がある）のほとりにまで征《い》った。捕虜だけで七万四百四十三人で、匈奴はその兵力の三割をうしない、軍事的にはほとんど衰弱してしまった。

おじの奴隷あがりの衛青は依然として大将軍であり、依然として誤りをおかすことのすくない将軍であったが、しかし甥の霍去病の声望には遠く及ばなかった。衛青の幕下にあった有力な軍人たちはあらそって衛青のもとを去り、霍去病の下につくことを望んだ。霍去病が作戦ごとに信じがたいほどの成功をもたらすために、その下についていれば功績の分け前にあずかれるからであった。衛青も、去ってゆくかれらに対し、べつだん嫉妬をしたりはしなかったらしい。ついでながら、この両人の情実の源泉だった衛皇后については、このころやや武帝の寵をうしないかけており、武帝はあらたに見つけた王夫人という女性に熱中していた。しかし、そのことは衛青と霍去病の評価にすこしも響かなかった。このおじと甥は、みずからつくりだした自分の価値の上にその声望と地位を安定させていた。


それはそれとして、『史記』の司馬遷はこの両人をみて、人間の声価なんてものはどうも割りきれない、という解《げ》しがたさを感じていたような気配がある。

衛青というのは、いわばよくできた人物で、世故にも長《た》け、他人への心づかいもこまやかで、長者の風といったものを感じさせる人柄だったらしい。

「大将軍（衛青）、人トナリ仁善退譲《たいじよう》、和柔ヲモッテ自ラ上ニ媚《こ》ブ。然レドモ天下未ダ称スルアラザルナリ」

と、『史記』にいう。仁善退譲というのは情ぶかくて謙虚ということであろう。功烈天下にかくれもない衛青がなおこうであるとすれば世間の人気が出るはずだのに、しかし一面、「物柔かで上《かみ》（武帝）に媚ぶ」というところがあったために、世の人は一人として衛青をほめず、人気がまったくなかった。

そのふしぎさについて、『史記』の筆者は、ある者が衛青を諫《いさ》めて、「あなたは勢力家でありながら賢者を招いたりなさらない。だから不人気なのです」といったという言葉をかかげている。このころの中国の貴族や大官というのは、よく財を散じて士大夫をなつけたり、食客を養ったりして自分の人気を高めた。衛青はそれをしなかった。これに対する衛青の言葉として、「臣下が私的に人気とりをするのは上を軽んじる結果になってよくない。人臣たる者は職務に忠実でありさえすればよく、人気とりなどは自分は考えない」という意味のことをいったという。衛青というのは、自分を一個の機能として考えるという意味で、小気味いいほどの合理主義者であったのであろう。かれにすれば、武帝にさえよく仕えていればよかった。ただ、司馬遷が「上ニ媚《こ》ブ」という言葉をわざわざ使っているところをみると、卑賤から栄達した衛青には、どこか媚びをみせるようないやなところがあったのかもしれず、これが衛青の人徳を帳消しするほどの不人気のもとだったのかもしれない。

この点、霍去病は若いとはいえ、ひどく変っている。

すでに触れたように、かれは遠征軍をひきいてゆく将軍の必須の心得であるところの部下を恤んでそのことで人心を得るという、芝居じみたこともしなかった。

あるとき武帝が、はるかな戦場にある霍去病をなぐさめるために車数十台にのぼる上等の米や佳い肉を贈った。その時期、部下の士人のなかには飢えに苦しむ者もあったが、霍去病は恬《てん》としてかまわず、頒《わ》けようともせず、凱旋のときには肉などはなお余って棄てるほどだったという。苦労をしたおじの衛青とはちがい、霍去病には貴人ニ情ナシというところがあったのかもしれない。

あるとき、霍去病とその騎馬軍団は、沙漠の戦場にあった。糧乏しく、士卒が飢えたが、霍去病はかまうことなく、本営に域をめぐらし、そこで悠々と好きな蹴鞠《けまり》をたのしんでいた。

「事、此ノ類多シ」

そういう類いのことが多かった、と『史記』は書き、それ以上は論評の筆をおさえている。霍去病はそれでもなお士卒に人気が高かったというのは、この天才はそういう薄情さ、もしくは超然としているところまでが人間的魅力になってしまうというえたいの知れぬ徳をそなえていたと見るほかない。

士卒にとって、霍去病という、容貌になお少年の清らかさを残した天才に、一種神秘的な憧憬が感じられたのかもしれなかった。士卒にすれば、霍去病がいたずらに媚びるような濃やかさを示さないということでいよいよ憧憬心を高めたのかもしれず、もしそうであったとすれば、史上この種のことは類がないといわねばならない。

　武帝でさえ、この年若い天才に、畏敬のあまり、ちょっと遠慮をする気味があったらしく思える。

　たとえば霍去病に兵学の教養がなかった。武帝はこれに孫呉の兵法を学ばせれば鬼にかな棒かと思い、あるときそのことをかれにすすめてみたが、かれは無遠慮だった。言下にことわるのである。

　「方略イカント顧ルノミ。古ノ兵法ヲ学ブニ至ラズ」

　匈奴に対する策はどうかということで思案がいっぱいで、昔の兵法など学ぶひまどありません、と自負と皮肉をこめて――想像だが――いった。もし霍去病になお言わせるとすれば、匈奴軍というのは多分に異質の軍隊で、これに対処するにはあらたな思想が必要である、漢民族相手のむかしの兵法などよほどひまなら別だが学ぶ余裕はない、そもそも軍略の才などは天分なのである。学んで得られるものではない、とでも言ったであろうか。

またあるとき、武帝は霍去病が非常な高官であるのにその邸宅がみすぼらしいことに気づき、屋敷を作ればどうか、とすすめた。霍去病は一言のもとに、

「匈奴イマダ滅ビズ。家ヲ以テ為ス無キナリ」

家など建てていられません、といってことわった。この青年将軍が、戦務のことのみに一途《いちず》であったということが、あるいは士卒の心をとらえていたのかもしれず、おそらくそういう純粋さが、霍去病の魅力の重要な部分を構成していたであろう。

そういう霍去病が、燃えつきるようにして沙漠の戦場で病没した。年二十四、五という夭《わか》さだった。武帝の在位二十四年目の元狩六年（一一七）九月のことで、この報が漢都長安に入ると武帝は大いに悲しみ、かれが在位中から築いていた自分の陵墓茂陵のそばにこの若い天才を葬るべくみずからこまごまと指示した。『史記』によると、武帝は、霍去病が匈奴と決戦して大いにこれを破った祁連山《きれんざん》を記念し、墓にはそのはるかな異域の山をかたちどった墳丘を築かせた、とある。

中国へ行ってややあきれる思いがするのは、二千年前の人物の墓が、二千年前に『史記』に書かれたとおりの姿で、野の一角に遺っていることである。なるほど祁連山の形に似せたかと思われる人造の山がそこにあり、頂上に灰色の磚《せん》でつくられた祠《ほこら》

があった。まわりには茂陵の場合と同様麦畑がひろがり、雨もいつのまにかあがっていた。雨がやむと地面の土が保《も》っている温みがすぐ回復するのか、あの奇妙なほどの薄ら寒さから解放された。

霍去病の墓域はひろい。

この墓域のかつての情景については、古い本の写真版によって記憶がある。帰宅後、その写真版をあらためて見ると、塚の祁連山の頂上の祠が、砲撃された軍艦の艦橋のように割れてくずれ、山のふもとには白っぽい石馬がほうり出されていて、まわりの荒地には何一つ構造物がなかった。

「解放後、政府は茂陵と霍去病の墓を重視してきました」

と責任者がいったように、かつての写真では禿山《はげやま》だった祁連山に多くの木がうえられ、それが新緑のゆたかな樹叢《こむら》をなしていた。何一つ建物のなかった墓域には、事務所、応接室、石人石獣の陳列用の回廊、便所、それに花壇といったように、にぎやかに構造物がひしめいている。

陳列された巨大な石人石獣をみると、自然石にわずかに彫刻をほどこしただけの、ちょっと類例を思いつかない造形で、前漢時代の石の彫刻ではこれ以外に遺されていないという。

石は、赤っぽい花崗岩《かこう》である。

「これらの石は、すべてこのあたりのものではありません。祁連山（甘粛省）の石です。いまでも祁連山付近にゆくと同種類の花崗岩がたくさんあります。武帝の命令で、わざわざ祁連山から運んできたのです」

と説明員がいったときは、その長途の運搬の労を考えて、息をのむ思いがした。石人石獣だけでなく、祁連山をつくっている石も、すべて本物の祁連山——長安から一二〇〇キロはあるであろう——から運んできたという。すべて、武帝の命令による。一臣下の墳墓を国費で造営したというのも中国史上例がまれだと思うが、この墓のようにぼう大な労力がかけられたという例は、おそらく唯一のものであるように思われる。この作業はそのまま、武帝の若い天才への壮大な感謝の表現であり、事実、霍去病は漢民族の帝国を強大な騎馬民族の軍事力からまもったのである。

霍去病の墓で、いま目を楽しませてくれるのは、なんといっても、巨大な石に素朴に刻まれた石人石獣である。人間が熊と抱きあって格闘しているという奇妙な造形もある。また、人間があおむけに倒れているような形の自然石に、歯をむきだして泣いている人間の顔が、ユーモラスなタッチで彫られている。石像は、ひっくりかえりながら泣いている。あわあわという声でもきこえそうな迫真感があった。

「この、倒れて泣いているのは、たれでしょう」

ときくと、説明員は簡潔に、奴隷主です、と答えた。

「奴隷主とはつまり、あたらしい史観でいう匈奴の王ですか」

「そうです。題をつけるとすれば奴隷主のなげきです。泣いているでしょう」

霍去病は、こんにちの解釈では奴隷制社会をたおした。当然、敗けた奴隷主は泣かざるをえないであろう。しかし実際は匈奴の帝王（単于）かなにかにちがいなく、顔をみていると、わりあいアーリア人くさい。匈奴は何人種だったということでいままでに諸説がある。紅毛碧眼《へきがん》のアーリア人だったという説もあり、あるいはトルコ人だという説もある。しかしふつうにはモンゴル人だろうと想像されているし、私もそうだと思っているが、しかし確実な証拠がない。

「何人《なにじん》だったと思いますか」

と、説明員にきいてみると、説明員は意外なほどにためらわず、

「わが国の少数民族――モンゴル人です」

と、いった。きいていて声をのむような断定の仕方だった。むろん、いまの中国の歴史観では何人種であるということは重要な要素ではないのだが、ともかくためらいもしなかったことが、諸事明快さを好む新しい中国らしくておもしろかった。

中国は、いまつよい防衛的緊張のなかで、外交的世界像をつくっている。それに関する毛沢東主席の語録の文句が、西安でも洛陽でも咸陽でも見られた。私どもは北京では北京の全人口を収容するという防衛上の地下道を参観したが、そのとき、いずれ

全中国の都市という都市に、地下道ができあがる、という説明を、繁華街の下の地下道の中できいた。辺境の圧迫は、危急の場合、八億の中国人がすべて地下にもぐることによってそれに対抗することができるという思想である。多くの町角で、「深く掘り、食糧を貯え、覇権をもとめず」という毛語録の一節がスローガンとして出ていた。

霍去病の墳墓がみごとに装いをととのえてひとびとの参観の対象になっているのも、そういう空気と無縁ではなく、さらに無縁でないといえば、この墳墓は、中国が紀元前から抱きつづけてきた地政的な課題を、あざやかに象徴しているとも言えなくはない。

「霍去病は、若くして多病だったのでしょうね」

と、長春出身だというG君は、人工の祁連山の上の祠を仰ぎながら、花畑の中でもう一度いった。あまり頑丈そうでもないG君には多病ということが気にかかるのかもしれない。

あとがき

文藝春秋のW氏から、私がかつて書いたむだばなしのようなものを集めて本にしたい、という話があったとき、最初どうも気乗り薄だった。

いま、ゲラをながめつつ、この「あとがき」を書いているのだが、書きつつも、なおためらいがある。要するに、これらは無駄ばなしなのである。酒の座で、とくに親しい友人にだけ話してしまえばそれでおしまいといったような感じのもので、それだけではないかというためらいが、胸中を離れない。

私は、小説の実作者にとって、誰それの小説ということが存在するだけで、単に小説とよばれる形式の普遍的概念は存在しない、とおもっている。私は私なりに、人間と人生についての自分の関心や感動を、自分でこれが小説だと自分で妄信している形式でもって書いているだけのことである。

従って私の小説作法は私自身にしか通用しないのだが、人間の何事かについて小説の構想を考えているとき、無数の、といっていいほどの無駄ばなしが脳裏を去来する。それらは、脳裏を去来するだけが私にとっての効用で、あとはうたかたのように消えてしまうし、消えてしまっていいのだが、ここに集められたものは、そういうものに類する文章ばかりで、醸造で譬えれば、酒になる前のもろみか、それとも酒であることから取り残された粕のようなものであるかと思ったりする。

私はかつて池島信平氏とデュッセルドルフの宿の朝の食堂にいたとき、土地に仮住まいしている日本人とこの種のむだ話をしていた。そのとき、池島氏が横から、急に、

——文化とは、無駄ばなしのことです。

と言い出して、驚いたことがある。なるほど、そういわれてみるとまことにそのようでもあり、その後、ときに文化の定義はそれ以外にありえない、と思ったりもしている。この集にあつめられた種々の文章も、そういう意味からいえば、多少は読者と有縁《うえん》であるか、とみずからを鼓舞しつつ、最後のゲラ刷りをW氏に渡した。

昭和五十年九月

司馬遼太郎

解説

座談の名手・司馬さん

白川浩司

司馬さんはしばしば「座談の名手」と呼ばれる。また、いささか品のない言い方だが、「人たらし」などと言われることもある。私ごときが申すのも何だが、話題は歴史一般はもちろん、例えばかつて中国山地で行われていたタタラ製鉄のための高殿の構造など、微細な「余話」にまで及ぶから、人は気がつけばいつの間にか聞き入ってしまうことになる。例えばの話（実際に聞いたわけではない）、本書に出てくる日露戦争前夜のベゾブラゾフと栗野公使の名前をめぐる挿話（「策士と暗号」）のような話が、さり気なく会話の中に出てくるのである。関西の人らしく決して直接的な物言いではないが、人物評など後で考えると相当辛辣なことをおっしゃったのにその時は気づかなかった、などということもあった。司馬さんのエッセイは語り口、息遣いなど座談そのままと言ってよく、今回読み返して改めて懐かしさにかられたものだ。

司馬さんの面識を得たのは、平成に入って間もない一九九一年四月、『文藝春秋』

編集長に就任した時だった。当時、巻頭随筆欄に「この国のかたち」を連載していただいていたから、真っ先にご挨拶したのである。だが文藝春秋にとって司馬さんは、重要な筆者であると同時に、何か事があれば相談に伺う「親戚のおじさん」のような存在でもあった。先輩たちとの間に、単なる筆者の域を超えて、何かにつけて気にかけ、相談に乗ってくれる、といった距離感が築かれていたのである。

その司馬さんが、いつになく過激な物言いをされたことが何度かあった。一つはバブルに浮かれる日本人に触れた時である。『土地と日本人』に見るごとく、国土が単に土地投機の対象にすぎなくなり、歴史遺産ともいうべき風景が次々失われていくことへの怒りは深かった。そして、おそらくそのことと関係あると思われるのだが、例えば創業の精神を失ってどことなく元気がなくなった人や組織などを評して、よく「電池が切れた」という言い方をされた。

私が最初にそのタトエを聞いたのは確か一九九二年の春、六月号に細川護熙氏の『「自由社会連合」結党宣言』を掲載した直後である。実はその前年、自民党随一のインテリと言われた椎名素夫氏の事務所で、熊本県知事を辞めた直後の細川護熙氏を紹介され、思いがけず新党結成の決意を打ち明けられていた。「今の日本政治は冷戦終結後の内外の激変に対処する意志と能力を失っている。この危機を打開するためには新党を作るしかない」として、竹下派（経世会）支配真っただ中の永田町に孤独な戦いを挑む決意を聞かされたのである。その折り、「結党宣言」は『文藝春秋』で発表していただくことを約束しており、それが六月号で実現したのだった。

司馬さんは「自・社とも電池の切れた政党で、誰がやっても電気はつかない。どんな組織でも三、四十年で電池が切れるんだね。細川さんはよくやるなあ」と読後感を洩らされた。そして自民党・社会党の政治家何人かについて触れた後、「文春は戦後、文藝春秋新社になったとき新しい電池が入った。それでも四十数年経ったね」と言われた。「ジャーナリズム」の反対語は「マンネリズム」だという。『文藝春秋』のような歴史の古い雑誌（会社）は、伝統に支えられてやり易い部分もある一方、ともすれば前例踏襲のマンネリに陥る危険も常にあった。かつて一世を風靡した雑誌や会社が、時代の変化とともに消滅していった例は枚挙にいとまない。「伝統」の何を廃し何を残すかは、私にとっても切実なテーマであった。ある時期から私は、文藝春秋にとって「その時」が来るとすればどういうときか、と漠然と夢想し、冷戦終結という激変が、あるいはそのきっかけになるのではないか、とぼんやりした不安を感じていた。それだけに、「電池が切れる」というタトエは深く記憶に残ったのである。

もう一つ、私が「オヤ」と思ったのは、話題が日韓関係に及んだ時であった。

この原稿を書いている二〇一九年十一月現在、日韓関係は戦後最悪と言っていいほど悪化しているが、まだそれほどでもなかった一九九三年の話である。と言っても、韓国は当時から付き合うのが難しい国だった。政権が代わるたびに「日韓新時代」を謳いつつ、他方で植民地支配に対する新たな「謝罪」と「賠償」を求めてくるのである。日本側は、戦後処理は一九六五年の日韓基本条約ですべて解決済みと考えていたから、うんざりする日本人は多かった。

この年、韓国では金泳三《キムヨンサム》新大統領が就任した直後で、旧知の岡崎久彦氏を通じて、岡崎氏とのインタビューを掲載してくれないか、と申し入れがあった。余談だが当時の韓国では、植民地時代の名残か、『文藝春秋』がまだ毎月一万部近く売れていたという。そのため、『文藝春秋』に登場することが政治家として一つのステータスになっていたのか、あるいは日本国民に訴えるには、この雑誌を通じてメッセージを発することが最も効果的と判断されたのか、おそらくその両方だったのだろう、韓国の政治家から売り込まれることが時々あった。前任の盧泰愚《ノテウ》大統領など、在任中二回も登場している。そのうち一回は、司馬さんとの対談である。

だが、新大統領インタビューが同じ話の繰返しになるなら、今さらやる意味はない。が今回は、「従軍慰安婦問題など、事実関係は認めてほしいが、新たな補償要求はしない」との条件が付いていたので、掲載することにしたのだ。

インタビューを終えて帰国した直後、司馬さんと会食する機会があった。実は韓国の古いエリート層(日本語世代)には、愛読書は何かと問われると「司馬遼太郎」と答える人が多い。金泳三氏のみならずその前の盧泰愚氏も、愛読書は「司馬遼太郎」である。その辺を導入部に、話は広くアジアの指導者論に及んだ。

中国を筆頭に、アジアには「専制の系譜」とでも呼ぶべき伝統がある。どんな王朝でも、ひとたび権力を握ると国のものは自分のもの、みんな国を私してしまう。ネポティズムは当然で、帝妃の一族が国費を乱費したり国政を壟断したりするのは、共産党政権になっても変わらない、それがアジア的専制の特徴である。「ところが日本以外のアジアで二人だけ、そうならなかった指導者がいる」と、司馬さんは言われた。「誰ですか」と問うと、台湾の李登輝総統と韓国の朴正熙《パクチョンヒ》大統領。この二人だけは、一族を重用もしないし国の財産を私したこともない。それはなぜかといえば、

「日本の近代化の影響でもあるんだね」

司馬さんが言われたのはそこまでである。以下、私が勝手に付け加えると、李登輝さんは京都帝国大学の学生として二十二歳まで日本人だったし、朴大統領も日本の陸軍士官学校卒、敗戦までは日本人だった。李登輝さんが極めて親日的で「アジア的専制」とは正反対の身ぎれいな政治家であることは知られているし、朴大統領が日本からの請求権資金八億ドルを一切私することなく、「漢江《ハンガン》の奇跡」と言われる経済成長をもたらしたことも周知の事実である。朴大統領は、韓国が日韓併合という屈辱を逃

れられなかったのは、民族の誇りを失っていたからだ、として、荒れるに任せていた新羅の歴代王の墳墓の地を買収し、「大陵苑」（古墳公園）として整備している。私ごとになるが、のちにこの地を訪れた時、同時代のわが日本に比べて、朝鮮がいかに豊かで先進的であったか、と驚いたものだ。

アジア的専制についてひとしきり語った後、司馬さんは最後に「隣国の悪口を言うのは楽しいもんやなあ」と、聞き捨てならない一言を発して私を慌てさせた。思わず、「先生、まさかそのまま字にすることはないでしょうね」と問い返したほどだ。北朝鮮や朝鮮総連を批判しただけで、「差別」と糾弾され抗議が殺到した時代の話である。

司馬さんはかつて「国民作家」と呼ばれ、『文藝春秋』もまた「国民雑誌」と呼ばれた時代があった。当然ながら「国民雑誌」は「国民作家」と相性がよく、良質な読者に支持されてこの国の世論を静かに支えてきたように思われる。が、ベストセラー作家は数多く出現しても、「国民作家」も「国民雑誌」ももはや存在しない。それは必ずしも悪いことではないかもしれないのだが、一方で、先の見えない日々をただ漂っているに似た不安が脳裏を去らないのは私だけであろうか。

（元編集者）

作品中には、今日では不適切とされる表現がありますが、著者が故人であること、著作者人格権を考慮し、当初の表現を尊重しました。ご理解賜りますようお願いいたします。

本書は一九七九年に出た文庫の新装版です。
本文イラスト　尾崎カズミ
ＤＴＰ制作　エヴリ・シンク

文春文庫

余《よ》話《わ》として

定価はカバーに
表示してあります

2020年2月10日　新装版第1刷

著　者　司《し》馬《ば》遼《りよう》太《た》郎《ろう》
発行者　花田朋子
発行所　株式会社 文藝春秋

東京都千代田区紀尾井町 3-23　〒102-8008
TEL 03・3265・1211(代)
文藝春秋ホームページ　http://www.bunshun.co.jp

落丁、乱丁本は、お手数ですが小社製作部宛お送り下さい。送料小社負担でお取替致します。

印刷製本・凸版印刷

Printed in Japan
ISBN978-4-16-791446-2

（　）内は解説者。品切の節はご容赦下さい。

司馬遼太郎
坂の上の雲
（全八冊）
松山出身の歌人正岡子規と軍人の秋山好古・真之兄弟の三人を中心に、維新を経て懸命に近代国家を目指し、日露戦争の勝利に至る勃興期の明治をあざやかに描く大河小説。（島田謹二）
し-1-76

司馬遼太郎
菜の花の沖
（全六冊）
江戸時代後期、ロシア船の出没する北辺の島々の開発に邁進し、日露関係のはざまで数奇な運命をたどった北海の快男児、高田屋嘉兵衛の生涯を克明に描いた雄大なロマン。（谷沢永一）
し-1-86

司馬遼太郎
ペルシャの幻術師
十三世紀、ユーラシア大陸を席巻する蒙古の若き将軍の命を狙うペルシャの幻術師の闘いの行方は……幻のデビュー作を含む、直木賞受賞前後に書かれた八つの異色短篇集。（磯貝勝太郎）
し-1-92

司馬遼太郎
幕末
歴史はときに血を欲する。若い命をたぎらせて凶刃をふるった者も、それによって非業の死をとげた者も、共に歴史的遺産といえるだろう。幕末に暗躍した暗殺者たちの列伝。（桶谷秀昭）
し-1-93

司馬遼太郎
翔ぶが如く
（全十冊）
明治新政府にはその発足時からさまざまな危機が内在外在していた。征韓論から西南戦争に至るまでの日本の近代をダイナミックかつ劇的にとらえた大長篇小説。（平川祐弘・関川夏央）
し-1-94

司馬遼太郎
大盗禅師
妖しの力を操る怪僧と浪人たちが、徳川幕府の転覆と明帝国の再興を策して闇に暗躍する。夢か現か——全集未収録の幻の伝奇ロマンが、三十年ぶりに文庫で復活。（高橋克彦・磯貝勝太郎）
し-1-104

（　）内は解説者。品切の節はご容赦下さい。

司馬遼太郎
世に棲む日日（全四冊）
幕末、ある時点から長州藩は突如倒幕へと暴走した。その原点に立つ吉田松陰と、師の思想を行動化したその弟子高杉晋作を中心に変革期の人物群を生き生きとあざやかに描き出す長篇。

し-1-105

司馬遼太郎
酔って候
土佐の山内容堂を描く「酔って候」、薩摩の島津久光の「きつね馬」、宇和島の伊達宗城の「伊達の黒船」、鍋島閑叟の「肥前の妖怪」と、四人の賢侯たちを材料に幕末を探る短篇集。（芳賀　徹）
し-1-109

司馬遼太郎
義経（上下）
源氏の棟梁の子に生まれながら寺に預けられ、不遇だった少年時代。義経となって華やかに歴史に登場、英雄に昇りつめながらも非業の最期を遂げた天才の数奇な生涯を描いた長篇小説。

し-1-110

司馬遼太郎
以下、無用のことながら
単行本未収録の膨大なエッセイの中から厳選された71篇。森羅万象への深い知見、知人の著書への序文や跋文に光るユーモア、エスプリ。改めて司馬さんの大きさに酔う一冊。（山野博史）
し-1-112

司馬遼太郎
故郷忘じがたく候
朝鮮の役で薩摩に連れてこられた陶工たちが、帰化しても姓をあらためず、故国の神をまつりながら生きつづけて来た姿を描く表題作のほかに、「斬殺」「胡桃に酒」を収録。（山内昌之）
し-1-113

司馬遼太郎
功名が辻（全四冊）
戦国時代、戦闘も世渡りもからきし下手な夫・山内一豊を、三代の覇者交代の間を巧みに泳がせて、ついには土佐の太守に仕立て上げたその夫人のさわやかな内助ぶりを描く。（永井路子）
し-1-114

（　）内は解説者。品切の節はご容赦下さい。

司馬遼太郎
夏草の賦　（上下）
戦国時代に四国の覇者となった長曾我部元親。ぬかりなく布石し、攻めるべき時に攻めて成功した深慮遠謀ぶりと、政治に生きる人間としての人生を、妻との交流を通して描く。（山本一力）
し-1-118

司馬遼太郎
司馬遼太郎対話選集　全十巻
歴史、戦争、宗教、アジア、言葉……。幅広いテーマをめぐって、司馬遼太郎が各界の第一人者六十名と縦横に語り合った対談の集大成。「日本の今」を考える上での刺激的な視点が満載。

し-1-120

司馬遼太郎
十一番目の志士　（上下）
天堂晋助は長州人にはめずらしい剣のスーパーマン。高杉晋作は、旅の道すがら見た彼の剣技に惚れこみ、刺客として活用する。型破りの剣客の魅力がほとばしる長篇。（奈良本辰也）
し-1-130

司馬遼太郎
花妖譚
黒牡丹・白椿・睡蓮など、花にまつわる妖しくて物悲しい十篇の幻想小説。国民的作家になる前の新聞記者時代に書かれ、人間の性《さが》の不思議さを見つめる若々しい視線が印象的。（菅野昭正）
し-1-132

司馬遼太郎
殉死
日露戦争で苦闘した第三軍司令官、陸軍大将・乃木希典。戦後は数々の栄誉をうけ神様と崇められた彼は、なぜ明治帝の崩御に殉じて、命を断ったのか？　軍神の人間像に迫る。（山内昌之）
し-1-133

司馬遼太郎
歴史を紀行する
高知、会津若松、鹿児島、大阪など、日本史上に名を留める十二の土地を訪れ、風土と人物との関わり合い、歴史との交差部分をつぶさに見直す。司馬史観を駆使して語る歴史紀行の決定版。

し-1-134

（　）内は解説者。品切の節はご容赦下さい。

司馬遼太郎
木曜島の夜会
オーストラリア北端の木曜島では明治初期から太平洋戦争前まで、多くの日本人が白蝶貝採取に従事していた。恐怖に耐えつつも海に生きた彼らの軌跡を辿る表題作ほか三篇。（山形眞功）
し-1-135

司馬遼太郎
手掘り日本史
日本人が初めて持った歴史観、庶民の風土、史料の語りくち、「手ざわり」感覚で受け止める美人、幕末三百藩の自然人格。圧倒的国民作家が明かす、発想の原点を拡大文字で！（江藤文夫）
し-1-136

司馬遼太郎・陳　舜臣
対談　中国を考える
古来、日本はこの大国と密接な関係を保ってきた。「近くて遠い国」中国をどのようにとらえるべきか、我が国のとるべき立場を歴史の大家が論じつくした中国論、日本論。（山内昌之）
し-1-137

司馬遼太郎
日本人を考える
司馬遼太郎対談集
梅棹忠夫、梅原猛、陳舜臣、富士正晴、桑原武夫、山口瞳、今西錦司ほか各界識者と司馬が語り合う諸問題は、21世紀になっても続いている。貴重な示唆に富んだ対談集。（岡崎満義）
し-1-138

文藝春秋　編
司馬遼太郎全仕事
生誕九十年、「竜馬がゆく」連載開始五十年の節目に、国民的作家の作品世界へ誘う全作品ガイド。作品解説、読みどころ、特別企画を付した、親しみやすく面白い、日本人必携本！

し-1-250

産経新聞社
新聞記者　司馬遼太郎
「生まれ変わっても新聞記者になりたい」。そう語っていた司馬遼太郎は、どんな取材をし、記事を書いていたのか。司馬文学の遥かな〝原郷〟をさぐる一冊。記者時代のコラムも収録。

し-1-251

中島義道
孤独について
生きるのが困難な人々へ
戦う哲学者による凄絶なる半生記。誰からも理解されない偏った少年時代、混迷極まる青年時代、そして、孤独を磨き上げ、能動的孤独を選び取るまでの体験と思索。（南木佳士）
な-54-1

西村賢太
小説にすがりつきたい夜もある
四面楚歌の状況下、すがりついた一冊の本とは。型破りな私小説作家の知られざる文学的情熱が満載された芥川賞受賞前後のエッセイ集。『随筆集 一日』を再編集・改題。（小島慶子）
に-18-2

半藤一利
漱石先生ぞな、もし
『坊っちゃん』『三四郎』『吾輩は猫である』……誰しも読んだことのある名作から、数多の知られざるエピソードを発掘。斬新かつユーモラスな発想で、文豪の素顔に迫ったエッセイ集。
は-8-4

半藤一利
歴史のくずかご
とっておき百話
山本五十六、石原莞爾、本居宣長、葛飾北斎、光源氏……睦月の章から師走の章までちびちび読みたい歴史のよもやま話が100話！おまけコラムも充実。文庫オリジナルの贅沢な一冊。
は-8-25

半藤末利子
漱石の長襦袢
漱石夫妻の長女として生まれた筆子を母に持つ著者が「やさしくて厳しいリアリストの目」で綴った三十五篇のエッセイ集。漱石誕生百年に際して発表された筆子の原稿も収録。（池内 紀）
は-43-1

藤沢周平
帰省
創作秘話、故郷への想い、日々の暮らし、「作家」という人種について——没後十一年を経て編まれた書に、新たに発見された八篇を追加。藤沢周平の真髄に迫りうる最後のエッセイ集。
ふ-1-50

遠藤展子
藤沢周平　父の周辺
「オバQ音頭」に誘われていった夏の盆踊り、公園でブランコを押してもらった思い出……「この父の娘に生まれてよかった」という愛娘が、作家・藤沢周平と暮した日々を綴る。（杉本章子）
ふ-1-91

（　）内は解説者。品切の節はご容赦下さい。

細川護熙
中国 詩心《うたごころ》を旅する
李白、杜甫、王維、杜牧、陶淵明……元首相が幼少時から親しんできた名詩・名文の舞台を訪ね、中国全土を巡る細川護熙流「漢詩紀行」。カラー写真満載で、知的中国再発見の旅へと誘う。
ほ-16-2

丸谷才一
腹を抱へる
丸谷才一エッセイ傑作選1
ゴシップ傑作選、うまいもの番付、ホエールズ論、文士のタイトル、懐しい人——数多くのユーモアエッセイから厳選した〝硬軟自在、抱腹絶倒〟の六十九篇。文庫オリジナル。（鹿島　茂）
ま-2-26

丸谷才一
膝を打つ
丸谷才一エッセイ傑作選2
祖先の話に故郷の味といった自伝エッセイ、思考のレッスンに日本語相談。吉行淳之介と「大声について」、井上光晴と「二日酔い」を語る。座談の名手ぶりが冴える第二弾。（半藤一利）
ま-2-27

松岡　譲
漱石の印税帖
娘婿がみた素顔の文豪
漱石没後に雲霞の如く現れた〝文豪ゆかりの品々〟の真贋。大ベストセラー作家の収支決算は？　漱石の門下生で娘婿となった著者が書き綴る、文豪の素顔と文壇回想録。（半藤末利子）
ま-39-1

三島由紀夫
行動学入門
行動は肉体の芸術である。にもかかわらず行動を忘れ、弁舌だけが横行する風潮を憂えて、男としての爽快な生き方のモデルを示したエッセイ集。死の直前に刊行された。（虫明亜呂無）
み-4-1

三島由紀夫
若きサムライのために
青春について、信義について、肉体について……わかりやすく、そして挑発的に語る三島の肉声。死後三十余年を経ていよいよ新鮮！　若者よ、さあ奮い立て！（福田和也）
み-4-2

村上春樹
意味がなければスイングはない
待望の、著者初の本格的音楽エッセイ。シューベルトのピアノ・ソナタからジャズの巨星にJポップまで、磨き抜かれた達意の文章で、しかもあふれるばかりの愛情をもって語り尽くされる。
む-5-9

（　）内は解説者。品切の節はご容赦下さい。

安野光雅
絵のある自伝
昭和を生きた著者が出会い、別れていった人々との思い出をユーモア溢れる文章と柔らかな水彩画で綴る初の自伝。心温まる追憶は時代の空気を浮かび上がらせ、読む者の胸に迫る。

あ-9-7

飴村　行《こう》
粘膜黙示録
マンガ家を目指して歯科大学を中退するも、あっと言う間に挫折。ホラー作家としてデビューするまでの暗黒の十年間を、逆恨みマインド全開で綴った爆笑エッセイ。

あ-71-1

井上ひさし
ボローニャ紀行
文化による都市再生のモデルとして名高いイタリアの小都市ボローニャ。街を訪れた著者は、人々が力を合わせ理想を追う姿を見つめ、思索を深める。豊かな文明論的エセー。（小森陽一）
い-3-29

池波正太郎
夜明けのブランデー
映画や演劇、万年筆に帽子、食べもの日記や酒のこと。週刊文春に連載されたショート・エッセイを著者直筆の絵とともに楽しめる穏やかな老熟の日々が綴られた池波版絵日記。（池内　紀）
い-4-90

伊藤比呂美
犬心
十四年間ともに暮らしたジャーマン・シェパード、タケとの最後の日々。生と死を考えるなかで、重なるのは日米間で遠距離介護をしていた父の姿だ。詩人が綴る「命の物語」。（町田　康）
い-99-1

井上ユリ
姉・米原万里
プラハのソビエト学校で少女時代を共に過ごした三歳下の妹が、食べものの記憶を通して綴る姉の思い出。初めて明かされる名エッセイの舞台裏。初公開の秘蔵写真多数掲載。（福岡伸一）
い-104-1

内田洋子
ジーノの家
イタリア10景
イタリア人は人間の見本かもしれない——在イタリア三十年の著者が目にしたかの国の魅力溢れる人間達。忘れえぬ出会いや情景をこの上ない端正な文章で描ききるエッセイ。（松田哲夫）
う-30-1

「司馬遼太郎記念館」への招待

司馬遼太郎記念館は自宅と隣接地に建てられた安藤忠雄氏設計の建物で構成されている。広さは、約2300平方メートル。2001年11月に開館した。

数々の作品が生まれた自宅の書斎、四季の変化を見せる雑木林風の自宅の庭、高さ11メートル、地下1階から地上2階までの三層吹き抜けの壁面に、資料本や自著本など2万余冊が収納されている大書架、……などから一人の作家の精神を感じ取っていただく構成になっている。展示中心の見る記念館というより、感じる記念館ということを意図した。この空間で、わずかでもいい、ゆとりの時間をもっていただき、来館者ご自身が思い思いにしばし考える時間をもっていただきたい、という願いを込めている。　（館長　上村洋行）

利用案内

所 在 地　大阪府東大阪市下小阪3丁目11番18号　〒577-0803
T E L　06-6726-3860，06-6726-3859（友の会）
H P　http://www.shibazaidan.or.jp
開館時間　10:00～17:00（入館受付は16:30まで）
休 館 日　毎週月曜日（祝日・振替休日の場合は翌日が休館）
特別資料整理期間（9/1～10）、年末・年始（12/28～1/4）
※その他臨時に休館することがあります。

入館料

	一　般	団　体
大人	500円	400円
高・中学生	300円	240円
小学生	200円	160円

※団体は20名以上
※障害者手帳を持参の方は無料

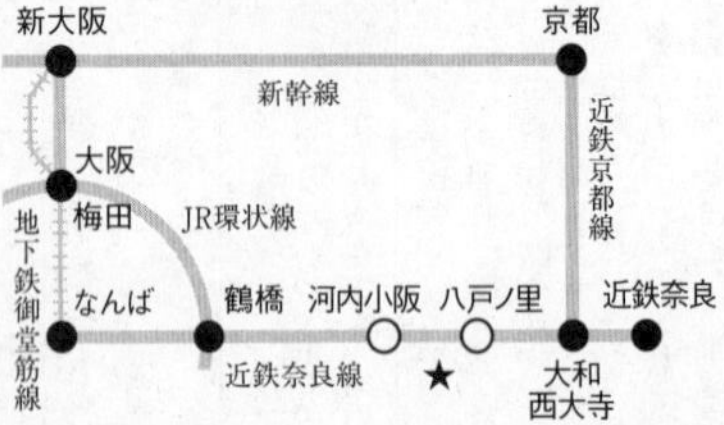

アクセス　近鉄奈良線「河内小阪駅」下車、徒歩12分。「八戸ノ里駅」下車、徒歩8分。
Ⓟ5台　大型バスは近くに無料一時駐車場あり。但し事前にご連絡ください。

記念館友の会　ご案内

友の会は司馬作品を愛し、記念館を支えてくださる会員の皆さんとのコミュニケーションの場です。会員になると、会誌「遼」（年4回発行）をお届けします。また、講演会、交流会、ツアーなど、館の行事に会員価格で参加できるなどの特典があります。

年会費　一般会員3000円　サポート会員1万円　企業サポート会員5万円
お申し込み、お問い合わせは友の会事務局まで
TEL 06-6726-3859　FAX 06-6726-3856